古代英雄的石像

葉聖陶 著

葉聖陶（一八九四年 — 一九八八年）

原名葉紹鈞，字秉臣，江蘇蘇州人，著名作家、教育家、編輯家、文學出版家和社會活動家。是「五四」新文化運動的先驅者，是文學研究會在創作上最有成績的作家，也是五四時期除魯迅之外最重要的現實主義小說家。《古代英雄的石像》為作者第二部短篇童話集。

總序一

兒童文學的歷史與記憶

林文寶

大陸海豚出版社所出版之中國兒童文學經典懷舊系列，要在臺灣出版繁體版，這是臺灣兒童文學界的大事。該套書是蔣風先生策劃主編，其實就是上個世紀二、三十年代的作家與作品，絕大部分的作家與作品皆已是陌生的路人。因此，說是經典有失嚴肅；至於懷舊，或許正是這套書當時出版的意義所在。如今在臺灣印行繁體版，其意義又何在？

考查各國兒童文學的源頭，一般來說有三：

一、口傳文學

二、古代典籍

三、啟蒙教材

而臺灣似乎不只這三個源頭，綜觀臺灣近代的歷史，先後歷經荷蘭人佔據三十八年（一六二四—一六六二），西班牙局部佔領十六年（一六二六—一六四二），明鄭二十二年（一六六一—一六八三），清朝治理二〇〇餘年（一六八三—一八九五），以及日本佔據五十年（一八九五—一九四五）。其間，相當長時間是處於被殖民的地位。因此，除了漢人移民文化外，尚有殖民者文化的滲入；尤其以日治時期的殖民文化影響最為顯著，荷蘭次之，西班牙最少，是以臺灣的文化在一九四五年以前是以漢人與原住民文化為主，殖民文化為輔的文化形態。

一九四五年十月二十五日國民黨接收臺灣後，大陸人來臺，注入文化的熱血液。接著一九四九年十二月七日國民黨政府遷都臺北，更是湧進大量的大陸人口。而後兩岸進入完全隔離的型態，直至一九八七年十一月臺灣戒嚴令廢除，兩岸開始有了交流與互動。一九八九年八月十一至二十三日「大陸兒童文學研究會」成員七人，於合肥、上海與北京進行交流，這是所謂的「破冰之旅」，正式開啟兩岸兒童文學交流歷史的一頁。

其實，兩岸或說同文，但其間隔離至少有百年之久，且由於種種政治因素，目前兩岸又處於零互動的階段。而後「發現臺灣」已然成為主流與事實。

因此，所謂臺灣兒童文學的源頭或資源，除前述各國兒童文學的三個源頭，又有受日本、西方歐美與中國的影響。而所謂三個源頭主要是以漢人文化為主，其實也就是傳統的中國文化。

臺灣兒童文學的起點，無論是一九〇七年（明治四〇年），或是一九一二年（明治四十五年／大正元年），雖然時間在日治時期，但無疑臺灣的兒童文學是屬於華文世界兒童文學的一支，它與中國漢人文化是有血緣近親的關係。因此，了解中國上個世紀新時代繁華盛世的兒童文學，是一種必然尋根之旅。

本套書是以懷舊和研究為先，因此增補了原書出版的年代（含年、月）、出版地以及作者簡介等資料。期待能補足你對華文世界兒童文學的歷史與記憶。

林文寶，現任臺東大學榮譽教授，曾任臺東大學人文學院院長、兒童文學研究所創所所長、亞洲兒童文學學會臺灣會長等。獲得第三屆五四兒童文學教育獎，中國文藝協會文藝獎章（兒童文學獎），信誼特殊貢獻獎等獎肯定。

原貌重現中國兒童文學作品

蔣風

今年年初的一天，我的年輕朋友梅杰給我打來電話，他代表海豚出版社邀請我為他策劃的一套中國兒童文學經典懷舊系列擔任主編，也許他認為我一輩子與中國兒童文學結緣，且大半輩子從事中國兒童文學教學與研究工作，對這一領域比較熟悉，了解較多，有利於全套書系經典作品的斟酌與取捨。

一開始我也感到有點突然，但畢竟自己從童年開始，就是讀《稻草人》《寄小讀者》《大林和小林》等初版本長大的。後又因教學和研究工作需要，幾乎一而再、再而三與這些兒童文學經典作品為伴，並反復閱讀。很快地，我的懷舊之情油然而生，便欣然允諾。

近幾個月來，我不斷地思考著哪些作品稱得上是中國兒童文學的經典？哪幾種是值得我們懷念的版本？一方面經常與出版社電話商討，一方面又翻找自己珍藏的舊書。同時還思考著出版這套書系的當代價值和意義。

中國兒童文學的歷史源遠流長，卻長期處於一種「不自覺」的蒙昧狀態。而清末宣統年間孫毓修主編的「童話叢刊」中的《無貓國》的出版，可算是「覺醒」的一個信號，至今已經走過整整一百年了。即便從中國出現「兒童文學」這個名詞後，葉聖陶的《稻草人》出版算起，也將近一個世紀了。在這段不長的時間裡，中國兒童文學不斷地成長，漸漸走向成熟。其中有些作品經久不衰，而一些作品卻在歷史的進程中消失了蹤影。然而，真正經典的作品，應該永遠活在眾多讀者的心底，並不時在讀者的腦海裡泛起她的倩影。

當我們站在新世紀初葉的門檻上，常常會在心底提出疑問：在這一百多年的時間裡，中國到底積澱了多少兒童文學經典名著？如今的我們又如何能夠重溫這些經典呢？

在市場經濟高度繁榮的今天，環顧當下圖書出版市場，能夠隨處找到這些經典名著各式各樣的新版本。遺憾的是，我們很難從中感受到當初那種閱讀經典作品時的新奇感、愉悅感、崇敬感。因為市面上的新版本，大都是美繪本、青少版、刪節版，甚至是粗糙的改寫本或編寫本。不少編輯和編者輕率地刪改了原作的字詞、標點，配上了與經典名著不甚協調的插圖。我想，真正的經典版本，從內容到形式都應該是精致的、典雅的，書中每個角落透露出來的氣息，都要與作品內在的美感、精神、品質相一致。於是，我繼續往前回想，記憶起那些經典名著的初版本，或者其他的老版本——我的心不禁微微一震，那裡才有我需要的閱讀感覺。

在很長的一段時間裡，我也渴望著這些中國兒童文學舊經典，能夠以它們原來的面貌重現於今天的讀者面前。至少，新的版本能夠讓讀者記憶起它們初始的樣子。此外，還有許多已經沉睡在某家圖書館或某個民間藏書家手裡的舊版本，我也希望它們能夠以原來的樣子再度展現自己。我想這恐怕也就是出版者推出這套書系的初衷。

也許有人會懷疑這種懷舊感情的意義。其實，懷舊是人類普遍存在的情感。它是一種自古迄今，不分中外都有的文化現象，反映了人類作為個體，在漫長的人生旅途上，需要回首自己走過的路，讓一行行的腳印在腦海深處復活。

懷舊，不是心靈無助的漂泊；懷舊也不是心理病態的表徵。懷舊，能夠使我們憧憬理想的價值；懷舊，可以讓我們明白追求的意義；懷舊，也促使我們理解生命的真諦。它既可讓人獲得心靈的慰藉，也能從中獲得精神力量。因此，我認為出版本書系，也是另一種形式的文化積澱。

懷舊不僅是一種文化積澱，它更為我們提供了一種經過時間發酵釀造而成的文化營養。它為認識、評價當前兒童文學創作、出版、研究提供了一份有價值的參照系統，體現了我們對它們批判性的繼承和發揚，同時還為繁榮我國兒童文學事業提供了一個座標、方向，從而順利找到超越以往的新路。這是本書系出版的根本旨意的基點。

這套書經過長時間的籌畫、準備，將要出版了。

我們出版這樣一個書系，不是炒冷飯，而是迎接一個新的挑戰。

我們的汗水不會白灑，這項勞動是有意義的。

我們是嚮往未來的，我們正在走向未來。

我們堅信自己是懷著崇高的信念，追求中國兒童文學更崇高的明天的。

二〇一一年三月二〇日

於中國兒童文學研究中心

蔣風，一九二五年生，浙江金華人。亞洲兒童文學學會共同會長、中國兒童文學學科創始人、中國國際兒童文學館館長。曾任浙江師範大學校長。著有《中國兒童文學講話》《兒童文學叢談》《兒童文學概論》《蔣風文壇回憶錄》等。二〇一一年，榮獲國際格林獎，是中國迄今為止唯一的獲得者。

目錄

古代英雄的石像

為了紀念一位古代的英雄，大家請雕刻家給這位英雄雕一個石像。

雕刻家答應下來，先去翻看有關這位英雄的歷史，想像他的容貌，想像他的性情和氣概。雕刻家的意思，隨隨便便雕一個石像不如不雕，要雕就得把這位英雄活活地雕出來，讓看見石像的人認識這位英雄，明白這位英雄，因而崇拜這位英雄。

功到自然成。雕刻家一邊研究，一邊想像，石像的模型在他心裡漸漸完成了。石像的整個姿態應該怎樣，面目應該怎樣，小到一個手指頭應該怎樣，細到一根頭髮應該怎樣，他都想好了。他的意思，只有依照他想好的樣子雕出來，才是這位英雄的活生生的本身，不是死的石像。

雕刻家到山裡採了一塊大石頭，就動手工作。他心裡有現成的模型，雕起來就有數，看著那塊大石頭，什麼地方應該留，什麼地方應該去，都清楚明白。鋼鑿一下一下地鑿，刀子一下一下地刻，大小石塊隨著紛紛往地上掉。像黃昏時星

古代英雄的石像

星的顯現一樣，起初模糊，後來明晰，這位英雄的像終於站在雕刻家面前了。真是一絲也不多，一毫也不少，正同雕刻家心裡想的一模一樣。

這石像抬著頭，眼睛直盯著遠方，表示他的志向遠大無邊；嘴張著，好像在那裡喊「啊──」！左胳膊圈向裡，堅強有力，仿佛攏著他下面的千百萬群眾；右手握著拳，向前方伸著，筋骨突出像老樹幹，意思是誰敢侵犯他一絲一毫，他就不客氣給他一下子。

市中心有一片廣場，大家就把這新雕成的石像立在廣場的中心。立石像的檯子是用石塊砌成的，這些石塊就是雕刻家雕像的時候鑿下來的。這是一種新的美術建築法，雕刻家說比用整塊的方石墊在底下好得多。檯子非常高，人到市裡來，第一眼望見的就是這石像，就像到巴黎去第一眼望見的是那鐵塔一個樣。

雕刻家從此成了名，因為他能夠給古代英雄雕一個石像，使大家都滿意。

為了石像成功曾經開一個盛大的紀念會。市民都聚集到市中心的廣場，在石像下行禮，歡呼，唱歌，跳舞；還喝乾了幾千罈酒，擠破了幾百身衣裳，摔傷了很多人的膝蓋。從這一天起，大家心裡有這位英雄，眼裡有這位英雄，做什麼事情都像比以前特別有力氣，特別有意思。無論誰從石像下經過，都要站住，恭恭敬敬地鞠個躬，然後再走過去。

驕傲的毛病誰都容易犯，除非聖人或傻子。那塊被雕成英雄像的石頭既不是聖人，又不是傻子，只是一塊石頭，看見人們這樣尊敬他，當然就禁不住要驕傲起來了。

「看我多榮耀！我有特殊的地位，站得比一切都高。所有的市民都在下面給我鞠躬行禮。我知道他們都是誠心誠意的。這種榮耀最難得，沒有一個神聖仙佛能夠比得上！」

他這話不是向浮游的白雲說，白雲無精打采的，沒有心思聽他的話；也不是向搖擺的樹林說，樹林忙忙碌碌的，沒有工夫聽他的話。他這話是向墊在他下面的夥伴——大大小小的石塊說的。驕傲的架子要在夥伴面前擺，也是世間的老規矩。但是他仍然抬著頭，眼睛直盯著遠方，對自己的夥伴連一眼也不瞟，這就見得他的驕傲是太過分了。他看不起自己的夥伴，不屑於靠近他們，甚至還有溜到嘴邊又咽回去的一句話。「你們，墊在我下面的，算得了什麼呢！」

「喂，在上面的朋友，你讓什麼東西給迷住心了？你忘了從前！檯子角上的一塊小石頭慢吞吞地說，像是想叫醒喝醉的人，各個字都說得清楚、著實。」

「從前怎麼樣？」上面那石頭覺得出乎意料，但是不肯放棄傲慢的氣派。

「從前你不是跟我們混在一起嗎？也沒有你，也沒有我們，咱們是一整塊。」

「不錯，從前咱們是一整塊。但是，經過雕刻家的手，咱們分開了。鋼鑿一下一下地鑿，刀子一下一下地刻，你們都掉下去了。獨有我，成了光榮尊貴的、受全體市民崇拜的雕像。我高高在上是應當的。難道你們想跟我平等嗎？如果你們想跟我平等，就先得叫地跟天平等！」

「嘻！」另一塊小石頭忍不住，出聲笑了。

「笑什麼！沒有禮貌的東西！」

「你不但忘了從前，也忘了現在！」

「現在又怎麼樣？」

「現在你其實也並沒跟我們分開。咱們還是一整塊，不過改了個樣式。你看，從你的頭頂到我們最下層，不是粘在一起嗎？並且，正因為改成現在的樣式，你的地位倒不安穩了。你在我們身上站著，只要我們一搖動，你就不能高高地……」

「除了你們，世間就沒有石塊了嗎？」

「用不著費心再找別的石塊了！那時候就沒有你了，一跤摔下去，碎成千塊萬塊，跟我們毫無分別。」

「沒有禮貌的東西！胡說！敢嚇唬我？」上面那石頭生氣了，又怕失去了自己的尊嚴，所以大聲吆喝，像對囚犯或奴隸一樣。

「他不信，」砌成檯子的全體石塊一齊說，「馬上給他看看，把他扔下去！」

上面那石頭嚇了一跳，顧不得生氣了，也暫時忘了自己的尊嚴，就用哀求的口氣說：「別這樣！彼此是朋友，連在一起粘在一起的朋友，何必故意為難呢！你們說的一點兒也不錯，我相信，千萬不要把我扔下去！」

「哈！哈！你相信了？」

「相信了，完全相信。」

危險算是過去了。驕傲像隔年的草根，冬天剛過去，就鑽出一絲絲的嫩芽。上面那石頭故意讓語聲柔和一些，用商量的口氣說：「我想，我總比你們高貴一些吧，因為我代表一位英雄，這位英雄在歷史上是很有名的。」

一塊小石頭帶著譏笑的口氣說：「歷史全靠得住嗎？幾千年前的人自個兒想的事情，寫歷史的人都會知道，都會寫下來。你說歷史能不能全信？」

另一塊石頭接著說：「尤其是英雄，也許是個很平常的人，甚至是個壞蛋，讓寫歷史的人那麼一吹噓，就變成英雄了；反正誰也不能倒過年代來對證。還有更荒唐的，本來沒有這個人，明明是空的，經人一寫，也就成了英雄了。哪吒，孫行者，不都是英雄嗎？這些雖說是小說裡的人物，可是也在人的心裡扎了根，這種小說跟歷史也差不了多少。」

「我代表的那位英雄總不會是空虛的，」上面那石頭有點兒不高興，竭力想說服底下的那些石頭，「看市民這樣紀念他，崇拜他，一定是歷史上的實實在在的英雄。」

「也未必！」六七塊石頭同時接著說。

一塊伶俐的小石頭又加上一句：「市民最大的本領就是紀念空虛，崇拜空虛。」

上面那石頭更加不高興了，自言自語地說：「空虛？我以為受人崇拜總是光榮的，難道我上了當……」

一塊小石頭也自言自語地說：「我們豈但上了當，簡直受了罪——一輩子墊在空虛的底下……」

大家不再說話了，都在想事情。

半夜裡，石像忽然倒下來，像游泳的人由高處跳到水裡。離地高，摔得重，碎成千塊萬塊。石像，連下面的檯子，一點兒原來的樣子也沒有了，變成大大小小的石塊，堆在地上。

第二天早晨，市民從石像前邊過，預備恭恭敬敬地鞠躬，可是廣場中心只有亂石塊，石像不知哪裡去了。大家你看看我，我看看你，說不出一句話，無精打采地走散了。

雕刻家在亂石塊旁邊大哭了一場，哀悼他生平最偉大的傑作。他宣告說，他從此不會雕刻了。果然，以後他連一件小東西也沒雕過。

亂石塊堆在廣場的中心很討厭，有人提建議用它築市外往北去的馬路，大家都贊成。新路築成以後，市民從那裡走，都覺得很方便，又開了一個慶祝的盛會。

晴和的陽光照在新路上，塊塊石頭都露出笑臉。他們都讚美自己說：

「咱們真平等！」

「咱們一點兒也不空虛！」

「咱們集合在一塊兒，鋪成真實的路，讓人們在上面高高興興地走！」

一九二九年九月五日寫畢

賊

一處地方，連年受螟蟲的災害，逢到秋收，收到的大半是枯爛的稻秸。種田人一要交地主的租，二要吃飽自己的肚皮，對著這對折還不到的收成，只有唉聲嘆氣，單顧一方尚且勉強，怎麼能雙方兼顧呢！想來想去總想不出辦法來，卻引起了一線的希望，希望神來救助他們。

「聖明的神呀！您應該保佑我們，替我們驅除那可惡的螟蟲，讓我們能好好活下去，一能交地主的租，二能吃飽自己的肚皮。除開了您，我們還有什麼可巴望的呢？我們只有等死，沒有別的辦法可想了。」

這樣的意思想在心裡，也就說在口頭；我也說，你也說，他也說，漸漸成為普遍的一致的呼聲。似乎這個地方別的全不缺少，單單缺少一個聖明的神。聖明的神一朝到來，所有的災害困苦立刻張開翅膀逃走了。

李二和吳三是兩個小賊，這樣的呼聲觸動了他們的賊智。他們遮遮掩掩踅到荒落的涼亭裡，商量做一筆生意。商量停當了，兩個相對眨一眨眼睛，微微地一笑，又遮遮掩掩踅了出來。

王大是個老實的種田人，家境比較好一點兒，所以在這個地方大家都相信他。這一晚他出去上茅廁，天上沒有月亮也沒有星星，因為習慣了，他沒帶一個燈籠。忽然聽得有一種聲音，像在茅廁後面，又像就在他的頭頂上：仔細聽時知道是人聲，但是不像平常的人聲，是《雙包案》裡的大花臉的那種藏在甕中一般的啞聲。王大沒想到害怕，側著耳朵聽那個大花臉說些什麼，原來是——

「這個地方的人聽著！你們要我保佑你們，替你們驅除那可惡的螟蟲，讓你們好好兒活下去。我現在來了，我答應你們的要求，只要你們好好兒供奉我。」

王大這一歡喜比多收了兩擔穀不知增加多少倍。他連忙跑回去，喚出隔壁的方老頭兒，氣咻咻地說：「告訴你一件可喜的事兒，一件奇怪的事兒！」

方老頭兒一點兒不明白，看看王大褐色裡泛著紅的臉，問道：「你喝醉了酒嗎？」

「不！」王大歇一歇氣，高興地說，「神來了！咱們巴望的聖明的神來了！」

「在哪兒？」方老頭兒也突然高興起來，眉目顴頰都浮著笑意。「聖明的神來了就好了，阿彌陀佛！在財神廟裡麼？在土地堂裡麼？」

「都不。就在茅廁那邊。你跟我去聽聽他是怎麼說的。」

方老頭兒連忙跟著王大去到茅廁旁邊，靜了一會兒，果然聽得大花臉一樣的聲音說道：

「……我現在來了，我答應你們的要求，只要你們好好兒供奉我。我選中了五里外那棵大銀杏樹底下的土地堂，你們必須在那裡供奉我。」

方老頭兒滿腔的感激和虔誠，只想要跪下來磕頭。但是不知為什麼，他不曾真個跪下來，卻哈哈大笑起來，拍著王大的肩說：「聖明的神來了，自然要好好兒供奉。小毛包的戲班子正在鄰近的地方，就從後天起，咱們邀他來演三臺戲，先敬敬神吧。」

「你這想頭好。」王大回拍一下方老頭兒的背脊，表示贊成。

第二天，王大同方老頭兒把神已經自己到來的資訊在茶館裡宣布。一個是老實人，另一個又是上了年紀的，兩個都親耳朵聽到了神說的話，還有什麼不能相信的？

「現在好了！」大家歡呼起來，「神有靈，如咱們的願，來保佑咱們了。現在好了！」於是嘻嘻哈哈湊起演戲的錢來。錢袋本都是癟癟的，一倒就空了；但是大家覺著空了並不要緊。又把家裡留著的很少的米磨成粉，蒸糕做餅，預備帶到戲場上去吃。一些瘠瘦的豬兒雞鴨卻出乎意料，忽然給白刀子割破咽喉，鮮紅的血流到盆兒鉢兒裡，生命就此完畢——它們是敬神的獻品。這個地方的人以為從今以後，生活完全是幸福了；這一回虔敬地供奉著神，報答神的恩惠，趁便慶祝慶祝，表示自己心裡的高興，就是花費一點兒也是應該的。

又到了第二天，天還不曾亮，各家的男女老少早已從床上爬起來，打扮的打扮，幹事的幹事，個個懷著一顆歡躍的心，個個眼前耀著將要來到的幸福的光彩——田裡是異乎尋常的豐收，家家都快活，安適健康。

所有的人都向五里外那棵大銀杏樹底下的土地堂跑去，結成個很大的隊伍。他們的步調齊一而輕快，按著步調，他們唱出快樂的歌：

咱們多麼幸福，
得蒙明神到來！
惡神就會死個乾淨，
從此後再沒凶災。

咱們多麼幸福，
得蒙明神到來！
田裡就會遍滿金稻。
金稻呀便是錢財。

咱們多麼幸福，
得蒙明神到來！
就要從苦難的海底，
升上快樂的天臺。

咱們歡呼踴躍，
慶祝明神到來！
今朝呀非比他日，
不竭盡興致不回！

小毛包的戲班子開鑼以前，有人說敬神沒有神像是不行的，特地裝塑是來不及了，只好到神顯靈的地方——茅廁背後去尋找。

地上有的是枯草，此外有一根一尺來長的桑樹枝。把桑樹枝撿起來看，一端恰作人頭形；幾個人閉起一隻眼，單用一隻眼來凝視，就覺得這上邊耳目口鼻齊全，都分布在適當的位置上，尤其是那鼻子，高高的，鼻梁統直，是一個神的鼻子。

「這一定是神自己預備在這裡的了。」大家這樣說，把桑樹枝恭恭敬敬請回去，讓它朝著戲臺站在正中一把大交椅上。於是男女老少個個對它拜，數不清磕了多少頭，直磕到心裡滿足暢快，方才站起來。

從戲臺上開鑼到散場，足有四個時辰。在這四個時辰當中，誰都快樂得說不出來。因為連年的荒歉，戲是好久沒演了。現在為了迎接自己來到的神，重又看到戲，真應該盡興樂一樂。糕餅雞鴨豬肉橫七豎八地裝進了大家的肚皮；肚皮已經撐滿了，嚼而未爛的東西還在往喉嚨口塞。

一路跳著笑著，大家又結成隊伍回家。只覺從前每一次看戲回家，都沒帶回來這樣多的快樂。

「啊呀！賊來過了！偷了東西去！」東家忽然喊起來。

「啊！該死的賊！把箱子都拿空了！」西家立刻接應著。

「賊！……賊！……」各家同時這樣喊，好像患了傳染病似的。

各家的人奔出來，互相詢問所受的損失，才知道所有的破板箱都被打開，凡是比較像樣的舊衣服全不見了，殺剩下來的雞鴨不復睡在它們一向睡的屋角裡，銅水壺暖腳爐之類也杳無蹤影。

幸福的生活還沒到來，卻先來了荒歉以外的災難，這是這個地方的人不曾預料的。

然而大家並不難過。他們想，保佑他們的神既已到來，那麼幸福的生活是十分有把握的，他們又想到剛才供在正桌上看戲的那根桑樹枝，這明明是神確已到來的憑證，眼前少許的損失又算得了什麼呢？失了舊衣服，正好做新衣服；失了銅水壺，正好打金水壺；在幸福的生活裡，這些事情都不算稀奇。於是他們高興地講到明天的戲，講到明天怎樣更熱烈地表示慶祝。一會兒他們又歡唱起歌來：

咱們多麼幸福，
得蒙明神到來！
就要從苦難的海底，
升上快樂的天臺。

一九二九年十二月二十二日發表

皇帝的新衣

從前安徒生寫過一篇故事，叫〈皇帝的新衣〉，想來看過的人很不少。

這篇故事講一個皇帝最喜歡穿新衣服，就被兩個騙子騙了。騙子說，他們製成的衣服漂亮無比，並且有一種神奇的力量，凡是愚笨的或不稱職的人就看不見。他們先織衣料，接著就裁，就縫，都只是用手空比劃。皇帝派大臣去看好幾次。大臣沒看見什麼，但是怕人家說他們愚笨，更怕人家說他們不稱職，就都說看見了，確是非常漂亮。新衣服製成的一天，皇帝正要舉行一種大禮，就決定穿了新衣服出去。兩個騙子請皇帝穿上了新衣服。皇帝也沒看見新衣服，可是他也怕人家說他愚笨，更怕人家說他不稱職，聽旁邊的人一齊歡呼讚美，只好表示很得意，赤身裸體走出去了。沿路的民眾也像看得十分清楚，一致頌揚皇帝的新衣服。可是小孩子偏偏愛說實心話，有一個喊出來：「看哪，這個人沒穿衣服。」大家聽到，你看看我，我看看你，都笑了，終於喊起來：「啊！皇帝真個沒穿衣服！」皇帝聽得真真的，知道上了當，像澆了一桶涼水，可是事兒已經這樣，也不好意思再說回去穿衣服，只好硬著頭皮往前走去。

以後怎麼樣呢？安徒生沒說。其實以後還有許多事兒。

皇帝一路向前走，硬裝作得意的樣子，身子挺得格外直，以致肩膀和後背都有點兒酸疼了。跟在後面給他拉著空衣襟的侍臣知道自己正在做非常可笑的事兒，直想笑；可是又不敢笑，只好緊緊地咬住下嘴唇。護衛的隊伍裡，人人都死盯著地，不敢斜過眼去看同伴一眼；只怕彼此一看，就憋不住，哈哈大笑起來。

民眾沒有受過侍臣護衛那樣的訓練，想不到咬緊嘴唇，也想不到死盯著地，既然讓小孩子說破了，說笑聲就沸騰起來。

「哈哈，看不穿衣服的皇帝！」

「嘻嘻，簡直瘋了！真不害臊！」

「瘦猴！真難看！」

「嚇，看他的胳膊和大腿，像褪毛的雞！」

皇帝聽到這些話，又羞又惱，越羞越惱，就站住，吩咐大臣們說：「你們沒聽見這群不忠心的人在那裡嚼舌頭嗎？為什麼不管！我這套新衣服漂亮無比，只有我才配穿；穿上，我就越顯得尊嚴，越顯得高貴：你們不是都這樣說嗎？這群沒眼睛的渾蛋！以後我要永遠穿這一套！誰故意說壞話就是壞蛋，就是反叛，立刻逮來，殺！就，就，就這樣。趕緊去，宣布，這就是法律，最新的法律。」

大臣們不敢怠慢，立刻命令手下的人吹號筒，召集人民，用最嚴厲的聲調把新法律宣布了。果然，說笑聲隨著停止了。皇帝這才覺得安慰，又開始往前走。

可是剛走出不遠，說笑聲很快地由細微變得響亮起來。

「哈哈，皇帝沒……」

「哈哈，皮膚真黑……」

「哈哈，看肋骨一根根……」

「他媽的！從來沒有的新……」

皇帝再也忍不住了，臉氣得一塊黃一塊紫，衝著大臣們喊：「聽見嗎？」

「聽見了。」大臣們哆嗦著回答。

「忘了剛宣布的法律啦？」

「沒，沒……」大臣們來不及說完，就轉過身來命令兵士，「把所有說笑的人都抓來！」

街上一陣大亂。兵士跑來跑去，像圈野馬一個樣，用長槍攔截逃跑的人。人們往四面逃散，有的摔倒了，有的從旁人的肩上竄出去。哭的，叫的，簡直亂成一片。結果捉住了四五十個人，有婦女，也有小孩子。皇帝命令就地正法，為的是叫人們知道他的話是說一不二，將來沒有人再敢犯那新法律。

從此以後，皇帝當然不能再穿別的衣服。上朝的時候，回到後宮的時候，他總是赤裸著身體，還常常用手摸摸這，摸摸那，算作整理衣服的皺紋。他的妃子和侍臣們呢，本來也忍不住要笑的；日子多了，就練成一種本領，看到他黑瘦的身體，看到他裝模作樣，也裝得若無其事，不但不笑，反倒像也相信他是穿著衣服的。在妃子和侍臣們，這種本領是非有不可的；如果沒有，那就不要說地位，簡直連性命也難保了。

可是天地間什麼事兒都難免例外，也有因為偶爾不小心就倒了楣的。

一個是最受皇帝寵愛的妃子。一天，她陪著皇帝喝酒，為了討皇帝的歡喜，斟滿一杯鮮紅的葡萄酒送到皇帝嘴邊，一面撒嬌說：「願您一口喝下去，祝您壽命跟天地一樣長久！」

皇帝非常高興，嘴張開，就一口喝下去。也許喝得太急了，一聲咳嗽，噴出很多酒，落在胸膛上。

「啊呀！把胸膛弄髒了！」
「什麼？胸膛！」
妃子立刻醒悟了，粉紅色的臉變成灰色，顫顫抖抖地說：「不，不是。是衣服髒了……」
「改口也沒有用！說我沒穿衣服，好！你愚笨，你不忠心，你犯法了！」皇帝很氣憤，回頭吩咐侍臣：「把她送到行刑官那裡去！」
又一個是很有學問的大臣。他雖然也勉強隨著同伴練習那種本領，可是一看見皇帝一絲不掛地坐

在寶座上，就覺得像隻剃去了毛的猴子。他總怕什麼時候不小心，笑一聲或說錯一句話，丟了性命。所以他假說要回去侍奉年老的母親，向皇帝辭職。

皇帝說：「這是你的孝心，很好，我准許你辭職。」

大臣謝了皇帝，轉身下殿，好像肩上摘去五十斤重的大枷，心裡非常痛快，不覺自言自語地說：「這回可好了，再不用看不穿衣服的皇帝了。」

皇帝聽見彷彿有「衣服」兩個字，就問下面伺候的臣子：「他說什麼啦？」

臣子看看皇帝的臉色，很嚴厲，不敢撒謊，就照實說了。

皇帝的怒氣像一團火噴出來：「好！原來你不願意看見我，才想回去。──那你就永遠也不用想回去了！」他立刻吩咐侍臣，「把他送到行刑官那裡去。」

經過這兩件事以後，無論在朝廷或後宮，人們都更加謹慎了。

可是一般人民沒有妃子和群臣那樣的本領，每逢皇帝出來，看到他那裝模作樣的神氣，看到他那乾柴一樣的身體，就忍不住要指點，要議論，要笑。結果就引起殘酷的殺戮。皇帝祭天的那一回，被殺的有三百多人；大閱兵的那一回，被殺的有五百多人；巡行京城的那一回，因為經過的街道多，說笑的人更多，被殺的竟有一千多人。

人死得太多，太慘，一個慈心的老年大臣非常不忍，就想設法阻止。他知道皇帝是向來不肯認錯的；你要說他錯，他越說不錯，結果還是你自己吃虧。妥當的辦法是讓皇帝自願地穿上衣服，能夠這樣，說笑沒有了，殺戮的事兒自然也就沒有了。他一連幾夜沒睡覺，想怎麼樣才能讓皇帝自願地穿上衣服。

辦法算是想出來了。那老臣就去朝見皇帝，說：「我有個最忠心的意思，願意告訴皇帝。您向來喜歡新衣服，這非常對。新衣服穿在身上，小到一個鈕扣都放光，您就更顯得尊嚴，更顯得榮耀。可是近來沒見您做新衣服，總是國家的事兒多，所以忘了吧？您身上的一套有點兒舊了，還是叫縫工另做一套，趕緊換上吧！」

「舊了？」皇帝看看自己的胸膛和大腿，又用手上上下下摸一摸，「沒有的事！這是一套神奇的衣服，永遠不會舊。我要永遠穿這一套，你沒聽見我說過嗎？你讓我換一套，是想叫我難看，叫我倒楣。就看你向來還不錯，年紀又大了，不殺你，去住監獄去吧！」

那老臣算是白抹一鼻子灰，殺人的事兒還是一點兒也沒減少。並且，皇帝因為說笑總不能斷，心裡很煩惱，就又規定一條更嚴厲的法律。這條法律是這樣：

凡是皇帝經過的時候，人民一律不准出聲音；出聲音，不管說的是什麼，立刻捉住，殺。

這條法律宣布以後，一般老成人覺得這太過分了。他們說，譏笑治罪固然可以，怎麼小聲說說別的事兒也算犯罪，也要殺死呢？大夥就聚集到一起，排成隊，走到皇宮前，跪在地上，說有事要見皇帝。

皇帝出來了，臉上有點兒驚慌，卻裝作鎮靜，大聲喊：「你們來幹什麼！難道要造反嗎？」

老成人頭都不敢抬，連聲說：「不敢，不敢。皇帝說的那樣的話，我們做夢也不敢想。」

皇帝這才放下心，樣子也立刻顯得威嚴高貴了。他用手摸摸其實並沒有的衣襟，又問：「那麼你們來做什麼呢？」

「我們請求皇帝，給我們言論的自由，給我們嘻笑的自由。那些膽敢說皇帝笑皇帝的，確是罪大惡極，該死，殺了一點兒不冤枉。可是我們決不那樣，我們只要言論自由。只要嘻笑自由。請皇帝把新定的法律廢了吧！」

皇帝笑了笑，說：「自由是你們的東西嗎？你們要自由，就不要做我的人民；

做我的人民，就得遵守我的法律。我的法律是鐵的法律。廢了？嚇，哪有這樣的事！」他說完，就轉過身走進去。

老成人不敢再說什麼。過了一會兒，有幾個人略微抬起頭來看看，原來皇帝早已走了；沒有辦法，大家只好回去。從此以後，大家就變了主意，只要皇帝一出來，就都關上大門坐在家裡，誰也不再出去看。

有一天，皇帝帶著許多臣子和護衛的兵士到離宮去。經過的街道，空空洞洞的，沒有一個人，家家的門都關著。大街上只有嚓、嚓、嚓的腳步聲，像夜裡偷偷地行軍一個樣。

可是皇帝還是疑心，他忽然站住，歪著頭細聽。人家的牆裡好像有聲音，他嚴厲地向大臣們喊：「沒聽見嗎？」

大臣們也立刻歪著頭細聽，趕緊瑟縮地回答：

「聽見啦，是小孩子哭。」

「還有，是一個女人唱歌。」

「有笑的聲音——像是喝醉了。」

皇帝的怒火又爆發了，他大聲向大臣們吆喝：「一群沒用的東西，忘了我的法律啦？」

大臣們連聲答應幾個「是」，轉過身就命令兵士，把裡面有聲音的門都打開，不論男女，不論老小，都抓出來，殺。

沒想到的事兒發生了。兵士打開很多家大門，闖進去捉人，這許多家的男男女女，老老小小就一齊擁出來。他們不向四外逃，卻一齊撲到皇帝跟前，伸手撕皇帝的肉，嘴裡大聲喊：「撕掉你的空虛的衣裳！」「撕掉你的空虛的衣裳！」

這真是從來沒見過的又混亂又滑稽的場面。男人的健壯的手拉住皇帝的枯枝般的胳膊，女人的白潤的拳頭打在皇帝的又黑又瘦的胸膛上，有兩個孩子也擠上來，一把就揪住皇帝腋下的黑毛。人圍得風雨不透，皇帝東竄西撞，都被擋回來；他又想蹲下，學刺蝟，縮成一個球，可是辦不到。最不能忍的是腋下癢得難受，他只好用力夾胳膊，可是也辦不到。他急得縮脖子，皺眉，掀鼻子，咧嘴，簡直難看透了，惹得大家哈哈大笑。

兵士從各家回來，看見皇帝那副倒楣的樣子，活像被一群馬蜂螫得沒辦法的猴子，也就忘了他往常的尊嚴，隨著大家哈哈大笑起來。

大臣們呢，起初是有些驚慌的，聽見兵士笑了，又偷偷看看皇帝，也忍不住哈哈大笑起來。

笑了一會兒，兵士和大臣們才忽然想到，原來自己也隨著人民犯了法。以前人民笑皇帝，自己幫皇帝處罰人民，現在自己也站在人民一邊了。看看皇帝，身上紅一塊紫一塊，哆嗦成一團，活像水淋過的雞，確是好笑。好笑的就該笑，皇帝卻不准笑，這不是渾蛋法律嗎？想到這裡，他們也隨著人民大聲喊：「撕掉你的空虛的衣裳！撕掉你的空虛的衣裳！」

你猜皇帝怎麼樣？他看見兵士和大臣們也倒向人民那一邊，不再怕他，就像從天上掉下一塊大石頭砸在頭頂上，身體一軟就癱在地上。

一九三〇年一月二十日發表

書的夜話

年老的店主吹熄了燈，一步一步走上樓梯，預備去睡了。但是店堂裡並不就此黑暗，青色的月光射進來，把這裡照成個神奇的境界，仿佛立刻會有仙人跑出來似的。

店堂裡三面靠牆壁都是書架子，上面站滿了各色各樣的書。有的紙色潔白，像女孩子的臉；有的轉成暗黃，有如老人的皮膚。有的又狹又長，好比我們在哈哈鏡裡看見的可笑的長人；有的又闊又矮，使你想起那些腸肥腦滿的商人。有的封面畫著花枝，淡雅得很；有的是亂七八糟的一幅，好像是打仗的場面，又好像是一堆亂紛紛的蟲豸。有的脊梁上的金字放出燦爛的光，跟大商店的電燈招牌差不多，吸引著你的視線；有的只有樸素的黑字標明自己的名字，仿佛告訴人家它有充實的內容，無須打扮得花花綠綠的。

這時候靜極了，街上沒有一點兒聲音。月光的腳步向來是沒有聲響的，它默默地進來，進來，架上的書終於都沐浴在月光中了。這當兒，要是這些書談一陣話，說說彼此的心情和經歷，你想該多好呢？

聽，一個溫和的聲音打破了室內的靜寂。

「對面幾位新來的朋友，你們才生下來不久吧？看你們顏色這樣嬌嫩，好像剛從收生婆的浴盆裡出來似的。」

開口的是一本中年的藍面書，說話的聲調像一位喜歡問東問西的和善的太太。

「不，我們出生也有二十多年了，」新來的朋友中有一個這樣回答。那是一本紅面子的精緻的書，裡面的紙整齊而潔白。「我們一夥兒一共二十四本，自從生了下來，就一同住在一家人家，沒有分離過。最近才來到這個新地方。」

「那家人家很愛你們吧？」藍面書又問，它只怕談話就此截止。

「當然很愛我們，」紅面書高興地說，「那家人家的主人很有趣，凡是咱們的同伴他都愛，都要收羅到他家裡。他家裡的藏書室比這裡大多了，可是咱們的同伴擠得滿滿的，沒有一點兒空地方。書櫥全是貴重的木料做的，有玻璃門，又有木門，可以輪替裝卸。木門上刻著我們的名字，都是當今第一流大書法家的手筆。我們住在裡面，舒服，光榮，真是無比的高等生活。像這裡的書架子，又破又髒，老實說，我從來不曾見過。可是現在也得擠在這裡，唉，我們倒楣了！」

紅面書的主人

藍面書不覺跟著傷感起來，嘆息道：「世間的事情，往往就這樣料想不到。「不過，二十多年的優越生活也享受得夠了。」紅面書到底年紀輕，能自己把傷感的心情排遣開，又回憶起從前的快樂來，「那主人得到我們的時候，心頭充滿著喜悅。他臉上露出十二分得意的神色，告訴他的每一個朋友說，『我又得到了一種很好的書！』他的聲調既鄭重，又充滿著驚喜，可見我們的價值比珍寶還要貴重。每得到一種咱們的同伴，他總是這樣。這是他的好處，他懂得待人接物應該平等。他把我們擺在貴重木料做的書櫥裡，從此再也不來碰我們——我們最安適的就是這一點。他每天在書櫥外面看我們一回，從這邊看到那邊，臉上當然帶著微笑，有時候還點點頭，好像說：『你們好！』客人來了，他總不會忘記了說：『看看我的藏書吧。』朋友們於是跟他走進藏書室，像走進了寶庫一樣讚嘆道：『好多的藏書啊！』他就謙遜道：『沒有什麼，不過一點點。可都是很好的書呢！』在許多的客人面前受這樣的讚揚，我們覺得異常光榮。這二十多年的生活呀，舒服，光榮，我們真享受得夠了！」

「那麼你們為什麼離開了他呢？」這個問題在藍面書的喉嚨口等候多時了。

「他破產了！不知道為什麼。我們只見他忽然變了樣子，眉頭皺緊，沒有一絲兒笑意，時而搔頭皮，時而唉聲嘆氣。收買舊貨的人有十幾個，胡亂地在他家裡各處翻看，其中一個就把我們送到這裡來了。不知道許多同伴怎樣了。也許他們遲來幾天，在這裡，我們將會跟他們重新相聚。」

「這才有趣呢。你們來到這裡，因為主人破了產；而我們來到這裡，卻因為主人發了財。」

說話的是一本紫面金繪的書。這本書雖然不破，但是沾了好些墨蹟和塵土，可見它以前的處境未必怎麼好，也不過是又破又髒的書架子罷了。它的語調帶著滑稽的意味，好像遊戲場裡塗白了鼻子引人發笑的角色。

「為什麼呢？」藍面書動了好奇心，禁不住問。

「發了財還會把你丟了！」紅面書也有點不相信，「像我們從前的主人，假如不破產，他是永遠不肯放棄我們的。」

「哈哈，你們不知道。我的舊主人為了窮，才需要我和我的同伴。等到發了財，他的願望已經達到，我們對他還有什麼用呢？他的經歷很好玩，你們喜歡聽，我就說給你們聽聽。反正睡不著，今晚的月光太好了。」

「我感謝你。」藍面書激動地說，「近來我每晚失眠，誰跟我說個話兒，解解我的寂寞，我都感謝。何況你說的一定是很有趣。」

「那麼我就說。他是個要看書而沒有書的人，又是個要看書而不看書的人。怎麼說呢？他本來很窮，見到書鋪子裡滿屋子的書，書裡有各種的學問，他想：如果能從這些學問中間吸取一部分，只消最小最小的一部分，至少可以把自己的處境改善一點兒吧。但是他買不起書。那時候，他是要看書而沒有書。後來，他好容易攢了一點錢，抱著很大的熱心跑到書鋪子裡，買了幾種他最想望的書。他看得真用心，把書裡最微細的錯誤筆劃都一一校出來了。

靠他的聰明，他有了新的發現。他以為把整本書從頭看到尾是很愚蠢的，簡捷的辦法只消看前頭的序文。序文往往把全書的大要都講明白了，知道了大要，不就是抓住了全書的靈魂嗎？以後他買了書就按照他的新發現辦，一直到他完全拋棄我們。因此，他的書只有封面沾汙了，只有開頭幾頁印上了他的指痕，此外全是乾乾淨淨的，只看我就是個榜樣。你要是問他做什麼，他當然是看書。但是單看一篇序文能算看書嗎？所以我說，他要看書而不看書。」

「啊，可笑得很。他的發現哪裡說得上聰明！」紅面書像爽直的青年一樣笑。

「沒有完呢！」紫面書故意用冷冰冰的口氣說，「我還沒有說到他的發財。你們知道他怎樣發了財？他看了好幾本書的序文，寫了一篇文章，題目是〈某某幾本書的比較研究和批評〉，投給了報館。過了幾天，報上把這篇文章登出來了，背後有主筆的按語，說這篇文章如何如何有意思，非博通各種學問的人是寫不出來的。他得到了一筆稿費，這一快活真沒法比擬。他想：『這財來了！改善處境的道路已經打開，大步朝前走吧！』於是他繼續寫文章，材料當然不用愁，有許許多多的書的序文在那裡。稿費一筆一筆送到，名譽拍著翅膀跟了來，他漸漸成為了不起的人物。學校請他指定學生必讀的書，圖書館請他鑒定古版書的真偽。

報館的編輯和演講會的發起人等候在他的會客室裡，一個說：『給我們寫一篇文章吧！』一個說：『給我們作一回演講吧！』他的回答常常是『沒有工夫想』。請求的人於是說：『關於書，你是無所不知的，還用得著想嗎？你的腦子猶如大海，你只要舀出一勺來，我們就像得到了最滋補的飲料了。』他遲疑再三，算是勉強答應下來。請求的人就飛一般回去，在報上刊登預告，把他的名字寫得飯碗一樣大，還加上『讀書大家』『博覽群書』一類的字眼。有一天，他忽然想到計算他的財產。『啊，成了富翁了嗎？』他半信半疑地喊了出來。他擰了一下自己的大腿，感覺到痛，知道並非在夢中。他就想自己已經成了富翁，何必再去看那些序文呢？可做的事情不是多著嗎？他招了個舊貨商來，把所有的書都賣了，從此他完全丟開我們了。現在，他已經開了個什麼公司在那裡。」

「原來是這樣！」藍面書自言自語，它聽得出了神。

「在運走的時候，我從車上摔了下來。我躺在街頭，招呼同伴們快來扶我。他們一個也沒聽見，好像前途有什麼好境遇等著他們，心早已不在身上了。後來一個苦孩子把我撿起來，送到了這裡。」紫面書停頓一下，冷笑說：「我心裡很平靜，不巴望有什麼好境遇，只要能碰到一個真要看我的主人，我就心滿意足了。」

「真要看書的主人，算我遇到得最多了。然而也沒有什麼意思。」說這話的是一本破書，沒有封面，前後都脫落了好些頁，紙色轉成灰黑，字跡若有若無。它的聲音枯澀，又夾雜著咳嗽，很不容易聽清楚。

紅面書順著破書的意思說：「老讓主人看確乎沒有意思，時時刻刻被翻來翻去，那種疲勞怎麼受得了。老公公，看你這樣衰弱，大概給主人們翻得太厲害了。像我以前，主人從不碰我，那才安逸呢。」

「不是這個意思。」破書搖搖頭，又咳嗽起來。

「那倒要聽聽，老公公是什麼意思。」紫面書追問一句。它心裡當然不大佩服，以為書總是讓人看的，有人看還說沒意思，那麼書的種族也無妨毀掉了。

「你們知道我多大年紀？」破書以老賣老地問。

「在這裡沒有一個及得上你，這是可以肯定的。你是我們的老前輩。」藍面書搶出來獻殷勤。

「除掉零頭不算，我已經三千歲了。」

「啊，三千歲！古老的前輩！咱們的光榮！」許多靜靜聽著沒開過口的書也情不自禁地喊出來。

「並不稀奇，我不過出生在前罷了，除了這一點，還不是同你們一個樣？」破書等大家安靜下來，才繼續往下說：「在這三千多年裡頭，我遇到的主人不下一百三十個。可是你們要知道，我流落到舊書鋪裡，現在還是第一次呢。以前是由第一個主人傳給第二個，第二個又傳給第三個，一直傳了一百幾十回。他們的關係是師生：老師傳授，學生承受。老師幹的就是依據著我教，學生幹的就是依據著我學。傳到第一二十代，

學起來漸漸難了，等到明白個大概，可以教學生了，往往已經是白髮老翁。再往後，當然也不會變得容易一些。他們傳授的越來越少了，在這個人手裡掉了三頁，在那個人手裡丟了五頁，直把我弄成現在這副寒酸的樣子。」

「老公公，你不用煩惱，」藍面書怕老人家傷心，趕緊安慰他，「凡是古老的東西總是破碎不全的。破碎不全，才顯得古色古香呢。」

「破碎不全倒也沒有什麼，」破書的回答出於藍面書的意料。我只為我的許多主人傷心。他們依據著我耗盡心力學，學成了，就去教學生。學生又依據著我耗盡心力學，學成了，又去教學生。我被他們吃進去，吐出來，是一代；再吃進去，再吐出來，又是一代。除了吃和吐，他們沒幹別的事。我想，一個人總得對世間做一點事。世間固然像大海，可是每一個人應該給大海添上自己的一勺水。我的許多主人都過去了，不能回來了，他們的一勺水在哪裡呢！如果沒有我，不把吃下去吐出來耗盡了他們的一生，他們也許能幹點兒事吧。我為他們傷心，同時恨我自己。現在流落到舊書鋪裡，我一點不悲哀。假若明天落到了垃圾桶裡，我覺得也是分所應得。」

「老公公說得不錯。要看書的也不可一概而論。像老公公遇見的那許多主人，他們太要看書，只知道看書，簡直是書癡了，當然沒有什麼意思。」紫面書十分佩服地說。

月光不知在什麼時候默默地溜走了。黑暗中，破書又發出一聲傷悼它許多主人的嘆息。

一九三〇年二月一日發表

含羞草

一棵小草跟玫瑰是鄰居。小草又矮又難看，葉子細碎，像破梳子，莖瘦弱，像麻線，站在旁邊，沒一個人看它。玫瑰可不同了，綠葉像翡翠雕成的，花苞飽滿，像奶牛的乳房，誰從旁邊過，都要站住細看看，並且說：「真好看！快開了。」

玫瑰花苞裡有一個，仰著頭，洋洋得意地說：「咱們生來是玫瑰花，太幸運了。將來要過什麼樣的幸福生活，現在還說不準，咱們先談談各自的願望吧。春天這麼樣長，悶著不談談，真有點兒煩。」

「我願意來一回快樂的旅行，」一個臉色粉紅的花苞搶著說，「我長得漂亮，這並不是我自己誇，只要有眼睛的就會相信。憑我這副容貌，我想跟我一塊兒去的，不是闊老爺，就是闊小姐。只有他們才配得上我呀。他們的衣服用伽南香熏過，還灑上很多巴黎的香水，可是我蹲在他們的衣襟上，香味最濃，最新鮮，真是壓倒一切，你說這是何等榮耀！車，不用說，當然是頭等。椅子呢，是鵝絨鋪的，坐上去軟綿綿的，真是舒服得不得了。窗簾是織錦的，上邊的花樣是有名的畫家設計的。放下窗簾，你可以欣賞那名畫，並且，車裡光線那麼柔和，睡一會兒午覺也正好。要是拉開窗簾，那就更好了，窗外邊清秀的山林，碧綠的田野，在那裡飛，飛，飛，轉，轉，轉。這樣舒服的旅行，我想是最有意思的了。」

「你想得很不錯呀！」好些玫瑰花苞在暖暖的春天本來有點兒疲倦，聽它這麼一說，精神都來了，好像它們自己已經蹲在闊老爺闊小姐的衣襟上，正坐在頭等火車裡作快樂的旅行。

可是左近傳來輕輕的慢慢的聲音：「你要去旅行，的確是很有意思，可是，為什麼一定要蹲在闊老爺闊小姐的衣襟上呢？你不能誰也不靠，自己想怎麼著就怎麼著嗎？並且，你為什麼偏看中了頭等車呢？一樣是坐火車，我勸你坐四等車。」

「聽，誰在哪兒說怪話？」玫瑰花苞們仰起頭看，天青青的，灌木林裡只有幾個蜜蜂嗡嗡地飛，鳥兒一個也沒有，大概是到樹林裡玩耍去了——找不到那個說話的。玫瑰花苞們低下頭一看，明白了，原來是鄰居的小草，它抬著頭，搖擺著身子，像一個辯論家似的，正在等對方答覆。

「頭等車比四等車舒服，我當然要坐頭等車。」願意旅行的那個玫瑰花苞隨口說。說完，它又想，像小草這麼卑賤的東西，怎麼能懂得什麼叫舒服，非給它解釋一下不可。它就用教師的口氣說：「舒服是生活的尺度，你知道嗎？過得舒服，生活才算有意義，過得不舒服，活一輩子也是白活。所以吃東西就要山珍海味，穿衣服就要綾羅綢緞。吃雜糧，穿粗布，自然也可以將就活著，可是，有吃山珍海味、穿綾羅綢緞舒服嗎？當然沒有。就為這個，我就不能吃雜糧，穿粗布。同樣的道理，四等車雖然也可以坐著去旅行，我可看不上。座位那麼髒，窗戶那麼小，簡直得憋死。你倒勸我去坐四等車，你安的什麼心？」

小草很誠懇地說：「哪樣舒服，哪樣不舒服，我也不是不明白，只是，咱們來到這世界，難道就專為求舒服嗎？我以為不見得，並且不應該。咱們不能離開同伴，自個兒過日子。並且，自己舒服了，看見旁邊有好些同伴正在受罪，又想到就因為自己舒服了他們才受罪，舒服正是罪過，這時候舒服還能不變成煩惱嗎？知道是罪過，是煩惱，還有人肯去做嗎？求舒服，想吃好的，穿好的，用好的，都是不知道反省，不知道自己的行為是罪過的人。」

願意旅行的那個玫瑰花苞很看不起小草，冷笑了一聲說：「照你這麼說，大家擠在監獄似的四等車裡去旅行，才是最合理啦！那麼，最舒服的頭等車當然用不著了。只好讓可憐的四等車在鐵路上跑來跑去了，這不是退化是什麼！你大概還沒知道，咱們的目的是世界走向進化，不是走向退化。」

「你居然說到進化！」小草也冷笑一聲，「我真忍不住笑了。你自己坐頭等車，看著別人豬羊一樣在四等車裡擠，這就算是走向進化嗎？照我想，凡是有一點兒公平心的，他也一樣盼望世界進化，可是在大家不能都有頭等車坐的時候，他就寧可坐四等車。四等車雖然不舒服，比起親自幹不公平的事兒來，還舒服得多呢。」

「噓！噓！噓！」玫瑰花苞們嫌小草討厭，像戲院的觀眾對付壞角色一樣，想用噓聲把它哄跑，「無知的小東西，別再胡說了！」

「咱們還是說說各自的希望吧。誰先說？」一個玫瑰花苞提醒大家。

「我願意在賽花會裡得第一名獎賞。」說話的是一朵半開的致瑰花，它用柔和的顫音說，故意顯出嬌媚的樣子，「在這個會上，參加比賽的沒有凡花野花，都是世界上第一等的，稀有的，還要經過細心栽培，細心撫養，一句話，完全是高等生活裡培養出來的。在這個會上得第一名獎賞，就像女郎當選全世界的第一美人一個樣，真是什麼榮耀也比不上。再說會上的那些裁判員，沒一個是一知半解的，他們學問淵博，有正確的審美標準，知道花的姿勢怎麼樣才算好，顏色怎麼樣才算好，又有歷屆賽花會的記錄作參考，當然一點兒也不會錯。他們判定的第一名，是地地道道的第一名，這是多麼值得驕傲。還有呢，彩色鮮明氣味芬芳的會場裡，擠滿了高貴的文雅的男女遊客，只有我，站在最高的，紫檀几上的古瓷瓶裡。在全會場的中心，收集所有的遊客的目光。看吧，愛花的老翁拈著鬍鬚向我點頭了，華貴的闊老挺著肚皮對我出神了，美麗的女郎也衝著我，從紅嘴唇的縫兒裡露出微笑了。我，這時候，簡直快活得醉了。」

「你也想得很不錯呀！」好些玫瑰花苞都一致讚美。可是想到第一名只能有一個，就又都覺得第一名應該歸自己，不應該歸那個半開的，不論比種族，比生活，比姿勢，比顏色，自己都不比那個半開的差。

但是那個好插嘴的小草又說話了，態度還是很誠懇的：「你想上進，比別人強，志氣確是不錯。可是，為什麼要到賽花會裡去爭第一名呢？你不能離開賽花會，顯顯你的本事嗎？並且，你為什麼這樣相信那些裁判員呢？依我說，同樣的裁判，我勸你寧可相信鄉村的莊稼佬。」

「你又胡說！」玫瑰花苞們這回知道是誰說話了，低下頭看，果然是那鄰居的小草，它抬著頭，搖擺著身子，在那裡等著答覆。

願意得獎的玫瑰花苞歪著頭，很看不起小草的樣子，自言自語說：「相信莊稼佬的裁判？太可笑了！不論什麼事，都有內行，有外行，外行誇獎一百句，不著邊兒，不如內行的一句。我不是說過嗎？賽花會上那些裁判員，有學問，有標準，又有豐富的參考，對於花，他們當然是百分之百的內行。為什麼不相信他們的裁判呢？」它說到這裡，心裡的驕傲壓不住了，就扭一扭身子，顯顯漂亮，接著說：「如果我跟你這不懂事的小東西擺在一起，他們一定選上我，踢開你。這就證明他們有真本領，能夠辨別什麼是美，什麼是醜。為什麼不相信他們的裁判呢？」

「我並不想跟你比賽，搶你的第一名，」小草很平靜地說，「不過你得知道，你們以為最美麗的東西，不過是他們看慣了的東西罷了。他們看慣了把花朵紮成大圓盤的菊花，看慣了枝幹彎曲得不成樣子的梅花，就說這樣的花最美麗。就說你們玫瑰吧，你們的祖先也這麼臃腫嗎？當然不是。也因為他們看慣了臃腫的花，以為臃腫就是美，園丁才把你們培養成這樣子；你還以為這是美麗嗎？什麼愛花的老翁，華貴的闊佬，美麗的女郎，還有有學問有標準的裁判員，他們是一夥兒，全是用習慣代替辨別的人物。讓他們誇獎幾句，其實沒有什麼意思。」

願意得獎的玫瑰花苞生氣了，撅著嘴說：「照你這麼一說，賽花會裡就沒一個人能辨別啦？難道莊稼佬反倒能辨別嗎？只有莊稼佬有辨別的眼光，咳！世界上的藝術真算完了！」

「你提到藝術，」小草不覺興奮起來，「你以為藝術就是故意做成歪斜屈曲的姿勢，或者高高地站在紫檀几上的古瓷瓶裡嗎？依我想，藝術要有活躍的生命，真實的力量，別看莊稼佬……」

「不要聽那小東西亂說了，」另一個玫瑰花苞說，「看，有人買花來了，咱們也許要離開這裡了。」

來的是個肥胖的廚子，胳膊上挎著個籃子，籃子裡盛著脖子割破的雞，腮蓋一起一落的快死的魚，還有一些青菜和萵苣。廚子背後跟著個彎著腰的老園丁。

老園丁舉起剪刀，喀嚓喀嚓，剪下一大把玫瑰花苞。這時候，有個蜜蜂從葉子底下飛出來，老園丁以為它要螫手，一袖子就把它拍到地上。

剪下來的玫瑰花苞們一半好意，一半惡意，跟小草辭別說：「我們走了，榮耀正在等著我們。你自個兒留在這裡，也許要感到寂寞吧？」它們順手推一下小草的身體，算是表示戀戀不捨的感情。

一陣羞愧通過小草的全身，破梳子般的葉子立刻合攏來，並且垂下去，正像一個害羞的孩子，低著頭，垂著胳膊。它替無知的庸俗的玫瑰花苞們羞愧，明明是非常無聊，它們卻以為十分光榮。

過了一會兒，小草忽然聽見一個低微的嗡嗡的聲音，像病人的呻吟。它動了憐憫的心腸，往四下裡看看，問：「誰哼哼哪？碰見什麼不幸的事兒啦？」

「是我，在這裡。我被老園丁拍了一下，一條腿受傷了，痛得很

厲害。」聲音是從玫瑰叢下邊的草叢裡發出來的。

小草往那裡看，原來是一隻蜜蜂。它很悲哀地說：「你的腿受傷啦？要趕緊找醫生去治，不然，就要成瘸子了。」

「成了瘸子，就不能站在花瓣上採蜜了！這還了得！我要趕緊找醫生去。只是不知道什麼地方有醫生。」

「我也不知道——喔，想起來了，常聽人說『藥裡的甘草』，甘草是藥材，一定知道什麼地方有醫生。隔壁有一棵甘草，等我問問它。」小草說完，就扭過頭去問甘草。

甘草回答說，那邊大街上，醫生多極了，凡是門口掛著金字招牌，上邊寫某某醫生的都是。

「那你就快到那邊大街上，找個醫生去治吧！」小草催促蜜蜂說，「你還能飛不能？要是還能飛，你要讓那隻受傷的腿蜷著，防備再受傷。」

「多謝！我就照你的話辦。我飛是還能飛，只是腿痛，連累得翅膀沒力氣。忍耐著慢慢飛吧。」蜜蜂說完，就用力扇翅膀，飛走了。

小草看蜜蜂飛走了，心裡還是很惦記它，不知道能不能很快治好，如果十天半個月不能好，這可憐的小朋友就要耽誤工作了。它一邊想，一邊等，等了好半天，才見蜜蜂哭喪著臉飛回來，翅膀好像斷了似的，歪歪斜斜地落下來，受傷的腿照舊蜷著。

「怎麼樣？」小草很著急地問，「醫生給你治了嗎？」

「沒有。我找遍了大街上的醫生，都不肯給我治。」

「是因為傷太重，他們不能治嗎？」

「不是。他們還沒看我的腿，就跟我要很貴的診費。我說我沒有錢，他們就說沒錢不能治。我就問了：『你們醫生不是專給人家治病的嗎？我受了傷為什麼不給治？』他們反倒問我：『要是誰有病都給治，我們真個吃飽了沒事做嗎？』我就說：『你們懂得醫術，給人治病，正是給社會盡力，怎麼說吃飽了沒事做呢？』他們倒也老實，說：『這種力我們盡不了，你把我們捧得太高了。我們只知道先接錢，後治病。』我又問：『你們診費診費不離口，金錢和治病到底有什麼分不開的關係呢？』他們說：『什麼關係？我們學醫術，先得花錢，目的就在現在給人治病掙更多的錢。你看金錢和治病的關係怎麼能分開？』我再沒什麼話跟他們說了，我拿不出診費，只好帶著受傷的腿飛回來。朋友，我真沒想到，世界上有這麼多醫生，卻不給沒錢的人治病！」蜜蜂傷感極了，身體歪歪斜斜的，只好靠在小草的莖上。

又是一陣羞愧通過小草的全身，破梳子般的葉子立刻合攏來，並且垂下去，正像一個害羞的孩子，低著頭，垂著胳膊。它替不合理的世間羞愧，有病走進醫生的門，醫生卻拒絕醫治。

沒多大工夫，一個穿短衣服的男子來了，買了小草，裝在盆裡帶回去，擺在屋門前。屋子是草蓋的，泥土打成的牆，沒有窗，只有一個又矮又窄的門。從門往裡看，裡邊一片黑。這屋子附近還有屋子，也是這個樣子。這樣的草屋有兩排，面對面，當中夾著一條窄巷，滿地是泥，髒極了，蒼蠅成群，有幾處還存了水。水深黑色，上邊浮著一層油光，仔細看，水面還在輕輕地動，原來有無數孑孓在裡邊游泳。

小草正往四外看，忽然看見幾個穿制服的員警走來，叫出那個穿短衣服的男子，怒氣衝衝地說：「早就叫你搬開，為什麼還賴在這裡？」

「我沒地方搬哪！」男子愁眉苦臉地回答。

「胡說！市裡空房子多得很，你不去租，反說沒地方搬！」

「租房子得錢，我沒有錢哪！」男子說著，把兩隻手一攤。

「誰叫你沒有錢！你們這些破房子最壞，著了火，一燒就是幾百家，又髒成這樣，鬧起瘟疫來，不知道要害死多少人。早就該拆。現在不能再寬容了，這裡要建築華麗的市場，後天開工。去，去，趕緊搬，賴在這裡也白搭！」

「往哪兒搬！叫我搬到露天去嗎？」男子也生氣了。

「誰管你往哪兒搬！反正得離開這兒。」說著，員警就鑽進草屋，緊

接著一件東西就從屋裡飛出來，掉在地上，嘭！是一個飯鍋。飯鍋在地上連轉帶跑，碰著小草的盆子。

又是一陣羞愧通過小草的全身，破梳子般的葉子立刻合攏來，並且垂下去，正像一個害羞的孩子，低著頭，垂著胳膊。它替不合理的世間羞愧，要建築華麗的市場，卻不管人家有沒有住的地方。

這小草，人們叫它「含羞草」，可不知道它羞愧的是上邊講的一些事兒。

一九三〇年二月二十日發表

蠶和螞蟻

撒，撒，撒，像秋天細雨的聲音，所有的蠶都在那裡吃桑葉。它們也不管桑葉是好是壞，只顧往下吞，好像它們生到世上來，只有吃桑葉一件大事。

不大一會兒，桑葉光了，只剩下一些脈絡。蠶的灰白色的身體完全露出來，連成一個平面，在那裡波動。養蠶的人來了，又蓋上大批桑葉，撒撒撒的聲音跟著響起來，並且更響了，像一陣秋風吹過，送來緊急的雨聲。

蠶裡有一條，蹲在竹器的邊上，挺著胸，抬著頭，不吃桑葉，並且一動也不動。它是要入眠嗎？是吃得太飽嗎？不，都不是。它是正在那裡想。看它那副神氣，儼然是個沉默深思的思想家。

不管什麼事兒，只要能想，到底會弄明白的。

它先想自己生在世上究竟為了什麼，是不是專為吃桑葉這件大事。它查考祖先的歷史，看它們的經歷怎麼樣。祖先是吃夠了桑葉做成繭，人們把繭扔到開水裡，抽出絲來織成綢緞，做成華麗的衣裳。它明白了，蠶生到世上來，唯一的大事是做繭。吃桑葉並不是大事，只是一種手段，不吃桑葉就做不成繭，為做繭就得先吃桑葉。想到這裡，它灰心極了，辛辛苦苦一輩子，原來是為那全不相干的「人」？！它再不想吃桑葉了，只是挺著胸，抬著頭，一動也不動地蹲在竹器邊上。

又一批新桑葉蓋到蠶身上，急雨似的聲音又緊跟著響起來。只有它，連看都不看。

左近有個細微的聲音招呼它：「朋友，又上新葉啦？！怎麼不吃啊？客氣可就吃不著啦。」

它頭也不回，自言自語地說：「你們只知道『吃』『吃』？！我飽得很，太飽了，不想吃！」

「你一定在什麼地方吃了更好的東西吧？」話剛說完，來不及等答話，嘴早就順著桑葉邊緣一上一下地啃去了。

「更好的東西！？你們就不能把『吃』扔下，動動腦筋嗎？我飽了，是因為厭惡，很深的厭惡！」

「你厭惡什麼？」

「厭惡什麼？厭惡工作。沒有比工作更討厭的了。從今以後，我決定不再工作。我剛編了一支歌，唱給你聽聽。」它就唱起來！

什麼叫工作！
沒意思，沒道理，
什麼也得不著，白費力氣。
我們不要工作，
看看天，望望地，
一直到老死，樂得省力氣。

但是跟它說話的那條蠶還沒聽完它的新歌，就爬到另一張桑葉的背面去了。其餘的蠶全沒留心有個朋友決心不吃桑葉的事。

什麼叫工作！
沒意思，沒道理，
…… ……

它一邊唱，一邊爬，就到了竹器的外邊。既然決定不再工作，何妨離開工作的地方呢？並且，那些糊里糊塗只知道吃的同伴，也實在教人看著生氣。它從木架上往下爬，恨不得趕緊離開，腳的移動就加快，不大工夫就爬到屋子外邊的地面上。它站住，聽聽，聽不見同伴吃桑葉的聲音了，就挺起胸，抬起頭，開始過那「看看天，望望地」的「不要工作」的日子。

忽然像針刺似的，它覺著尾巴那兒一陣痛，身體不由自主地扭動一下，連忙回頭看，原來是一個螞蟻。

那螞蟻自言自語地

說：「想不到還是活的。」

「你以為我是死的嗎？」

「你像掉在地上的一節幹樹枝，我以為至少死了三天了。」

「你看我身體乾瘦嗎？」

「不錯。你既然還活著，為什麼這樣乾瘦呢？」

「你知道我決心不吃東西了嗎？」

「你這是怎麼啦？為什麼想自殺，把自己餓死？」

「我厭惡工作。我看透了，吃東西只是為了工作，我不想再吃了。小朋友，我有支新編的歌，唱給你聽聽。」

螞蟻聽蠶有氣沒力地唱它的宣傳歌，忍不住笑了，它說：「哪裡來的怪思想？！不要工作，這不等於不要生命，不要種族了嗎？」

蠶呆呆地看了螞蟻一眼，嘆息著說：「生命和種族，我看也沒什麼意思。開水裡煮，絲一條條地抽出去，想起這些事，我眼前就一團黑。」

「我從來沒聽見過這樣的話，大概你工作太累，神經有點兒昏亂了。我們也有歌，唱給你聽聽，讓你清醒一下吧。」

「你們也有歌？」

「有。我們都能唱。唱起歌來，像是精神開了花。」

說著，螞蟻就用觸角一上一下地打著拍子，唱起歌來：

我們讚美工作，
工作就是生命。
它給我們豐富的報酬，
它使我們熱烈地高興。
我們全群繁榮，
我們個個欣幸。
工作！工作！
——我們永遠的歌聲。

螞蟻唱完了，哈哈大笑，接著就仰起頭，搖動著腿，跳起舞來。螞蟻一邊跳一邊問：

「我們的歌比你那倒楣的歌怎麼樣？你說誰有光明的前途？」

蠶猜想那小東西一定也是什麼都不知道的，跟那些死守在竹器裡吃桑葉的同伴一模一樣，不然，就想不透它這一團高興是哪兒來的。就問：「難道沒有一鍋開水等著你們嗎？」

螞蟻搖搖頭，說：「我們喜歡喝涼水，渴了，我們就到那邊清水池子裡去喝。」

「不是說這個。是說沒有『人』用開水煮你們抽絲嗎？」

「什麼叫『人』？我不懂。」

蠶想解釋，可是不知道怎麼說才好。停一會兒，它決定從另一個方面問：「難道你們的工作不是白做的嗎？」

「你怎麼問這個？」螞蟻很驚奇，「世界上哪會有白做的工作！」

「我的意思正跟你相反，世界上哪會有不白做的工作！」

「你不信？去看看我們就明白了。我們的工作沒有白做的，只要費一點兒力，就能對全群有貢獻，給全群增福利。」

「我想不出來你說的那樣的事，我只知道工作的結果是全群叫開水煮死。」

螞蟻有些不耐煩：「頑固的先生，怎麼跟你說你也明白不了，只有親眼去看，你才知道我不是騙你。我現在有工作，還要去找吃的，不能陪你去，給你一封介紹信吧。」說著，伸出前腿，把介紹信交給蠶——介紹信上的字，要是人類，就得用很好的顯微鏡才能看見。

蠶接了介紹信，懶懶地說：「謝謝你。我反正不想工作，在這兒也沒事做，去看看也好。」

它們分別了。螞蟻匆匆地跑去，跑一段路，停一會兒，四外看看，換個方向，又匆匆地跑去。蠶懶洋洋地爬著，好像每個環節移動一點兒都要停好久似的。

蠶慢慢爬，爬，終於

到了螞蟻的國土。它把介紹信遞給門前的守衛，就得到很熱誠的招待。它們領著它去參觀各種工作，運糧食，開道路，造房屋，管孩子，又領著它參觀各種地方，隧道，禮堂，育兒室，儲藏室。它好像到了另一個世界，看它們個個都有精神，賣力氣，忙碌，可是也很愉快，真個工作就是它們的生命。最後，都看完了，它們開會招待它，大家合唱以前那個螞蟻唱給它聽的那支歌：

我們讚美工作，
工作就是生命。
它給我們豐富的報酬，
它使我們熱烈地高興。
我們全群繁榮，
我們個個欣幸。
工作！工作！
——我們永遠的歌聲。

蠶細心聽著，聽到「工作！工作！——我們永遠的歌聲」那兒，眼淚忍不住掉下來。它這才相信，世界上真有不是白做的工作，螞蟻們讚美工作確實有道理。

一九三〇年十二月十七日寫畢

慈兒

慈兒是一家富裕人家的孩子。他出生的時候，廚房裡正在殺一頭豬，豬被捆在屠凳上，用撕裂一般的聲音喊叫。這聲音傳到初生嬰兒的耳朵裡，嬰兒就哇哇地哭起來。父親說他不忍心聽那淒慘的聲音，倒是個心地慈善的孩子，就給他取名「慈兒」。還吩咐廚夫把那頭豬放了，永遠不殺它，作為慈兒初次表露他的心地慈善的紀念。

慈兒漸漸長大起來，的確心地慈善。他看到昨天在園裡逍遙的雞，今天仰臥在菜碗裡，無論如何不忍下筷子吃它；吃魚先要問清楚買來時是活的還是死的，如果是死的，他才舉筷子，因為它本來就死了，並不是為他死的。家裡人知道他這脾氣，專弄些精美的滋補的素菜給他吃，不叫他吃死魚，怕死魚有毒；同時讚揚他的慈善心腸，當作一件寶貴的新聞向各處傳播。慈兒這就出了名，認識他的人都稱他「小慈善家」。

一天，天氣很好，他從公園出來，心裡非常愉快。他嘴裡哼著母親教給的歌曲，那歌曲是讚美春天的光明的，最適合當前的情景。

輕雲露笑渦，

輕風漾碧波。

「小官人做做好事吧！可憐我殘廢！可憐我只有一條腿！」

慈兒聽到這不愉快的聲音就停住了歌唱，他瞧見柳樹下有個一條腿的老乞丐，一雙哀求的眼睛直看著他，兩腋下各支著一根爛木頭，向前伸的手不停地顫動著——多麼傷心

的一幅圖畫呀！

世界上會有這樣的人！慈兒覺得可愛的春天忽然變了，輕雲好像愁慘的濃霧，輕風好像嚴酷的狂飆，新發芽的柳條兒也似乎枯黃了。看那老乞丐的乾瘦的臉，好像幾十年不曾吃飽；而且只有一條左腿，單是躺下去爬起來就很不方便。支撐的木頭為什麼不能換兩根結實乾淨點兒的呢？總之，從蓬亂的黃髮直到沾滿了泥的足趾，他沒有一處不可憐，沒有一處不表現出這個世界的羞恥。

一番感動的結果是給錢。慈兒遇見乞丐總給錢的，眼前的一個不同尋常，要多給一點兒才能使心裡稍稍安適一點兒。他就把帶在身邊的兩塊錢都拿了出來，像奉獻禮物一般給了那老乞丐，還說，「身邊只帶著這點兒錢，請你收下吧！」他對乞丐一向這般恭敬，他相信如果帶著傲慢的神態給錢，比不給錢還要卑鄙，還要可惡。

兩枚光亮的銀元落在烏黑的手心裡，那手忽然抖動得非常厲害，似乎承受不住的樣子，滿臉都是疑惑和感激的表情。老乞丐顫聲說，「謝謝你。小官人，我從來沒遇見過你這樣的好人，我一輩子都感激你！」他那雙眼睛霎地發亮，像花兒開放似的，綻出兩顆淚珠來。

「這沒有什麼。」慈兒又端相了老乞丐一眼，轉身就走。他一邊走路，一邊回味那出自真心的感謝，和那像花兒開放似的綻出來的淚珠。他好像得了珍寶似的，高興極了。再看上下四方，春天仍然是那樣可愛，他又唱起歌來。

輕雲露笑渦，
輕風漾碧波。

「你慢高興。這算不得什麼真正的慈善行為。慈善行為須往根底裡追究，往根底裡做去！」

慈兒回轉頭看，只見行人各自走各自的路，沒有人跟他講話。但是他確實聽到了這些話，分明帶著嚴峻的調子。是誰在說話呢？

他站住了，不再考求這話是誰說的，只仔細辨認「往根底裡追究，往根底裡做去」的意思，跟碰上了算學難題一個樣。忽然好像有一線光通過他的頭腦，他悟到了解答這道難題的門徑。他急忙回轉身，走到剛才那棵柳樹下，還好，獨腿的老乞丐還沒有離開那裡。

他走近去，親切地說：「我想問你一句話，請你回答我。」

「呀，小官人，你又回來了！儘管問，我能夠回答的我都回答。」

「你的那條腿怎麼失去的？我只問你這一句。」

「沒想到你會問起我那條腿來！」老乞丐顯出傷心的神色，「我那條腿失去幾十年了，從來沒有人問起它，我也早把它給忘了！經你這麼一提，使我回想起我從前確實還有一條腿！」

慈兒聽老乞丐這樣說，覺得很抱歉。他握著他枯瘦的手臂說：「請原諒我，我不該勾起你的悲傷。」

「那不要緊，悲傷原是我的家常便飯。我告訴你，我那條腿是在『六年戰役』裡失去的。一顆槍彈飛來，嗤地中在我的腿上。我醒來的時候知道腿骨斷了，只好截去了。剩下了一條腿不能再衝鋒陷陣，我就不再當兵，作了現在這行業。」

慈兒聽到這裡，覺得剛才給他兩塊錢對於他來說太無補於事了。這個可憐的老人，應該把他留養在家裡才是。父親是很好講話的，說不定能容許這樣辦。

老乞丐又說了：「小官人，像我這樣的人多得很，沒有什麼稀奇。也有失了臂膀的，也有傷了內臟的，總之是退出來了，作這在路旁伸手的買賣！」

「你說很多人都跟你一樣麼？」慈兒非常驚駭。

「大概有十萬人，數目可不算小。」

慈兒的計畫被打得粉碎了，即使父親容許收留這個老乞丐，還有許多的人分散在各處，在路旁做伸手的買賣，能把他們全都收留下來麼？就說能，保不定還會有第二回「六年戰役」，還會有第二批十萬人要落到這樣的下場。慈兒一直「往根底裡追究」，想到根底就是「六年戰役」，於是他問：「『六年戰役』是怎麼一回事呢？」

老乞丐臉上忽然呈現出光榮的神采。他把右手的拇指豎了起來，對慈兒說：「人家都這麼說，那是為正義！敵人太沒有道理，不能不用戰爭去制服他們。」

「原由就是這樣麼？」

「當然囉，你不論問誰，沒有一個不這樣回答你的。」

「謝謝你告訴了我這許多事兒！」慈兒放開握住老乞丐的手臂的手，帶著一肚子的不高興走回家去。他本想收留那老乞丐，可是這樣的人太多了，沒法全都收留，為公平，只好忍心放棄了那老乞丐；可是對老乞丐，總覺得負了一重罪孽。慈兒沒有心思再觀看四周的景物還像不像個可愛的春天了。

他到了家裡，跑進父親的書室，第一句就問：「『六年戰役』是怎麼一回事？爸爸，請你告訴我。」

父親撚著鬍鬚笑著說：「你在研究歷史麼？你這樣好學使我很喜歡！『六年戰役』完全為著正義！敵人太沒有道理，不能不用戰爭去制服他們。」

「噢！」慈兒點頭信服，父親的口吻和字眼，跟老乞丐的竟如此的相同。但是他又產生了新的疑問：「正義固然好，難道只剩一條腿也是好的麼？」

父親指著掛在牆上的畫像繼續說：「凡是主張正義的人都參加了『六年戰役』。你祖父捐出了許多許多錢充作軍需，咱們一邊才得到了最後的勝利。歷史上記載著這件大事，誰都知道你祖父，誰都崇拜你祖父。孩子，對他的畫像行個禮吧。你應該知道，你是這位偉大人物的孫子。」

慈兒向畫像行了禮，仔細看畫上的祖父。豐滿的臉龐，突起的顴頰，眼睛有攝住別人的光耀，鬚髮全白，很濃，像剛勁的金屬絲：是一個威嚴的不大容易親近的老人。他「主張正義」，「捐出許多許多錢」，「得到最後的勝利」，慈兒想，這些都值得崇拜，但是十萬人丟了胳膊少了腿，傷了內臟，又該怎麼說呢？

「爸爸，我剛才遇見一個老乞丐，說是參加過『六年戰役』的，可憐得很，他失掉了一條腿！」

「他也是為著正義呀！為著正義去衝鋒陷陣，雖死而無怨。」

慈兒還是疑惑，為什麼老乞丐說起那條失去的腿，還是非常悲傷呢？他不再問父親，把這個問題記在心裡。

從此他時時想起那個獨腿的老乞丐，聯帶想到祖父，因為他們倆同樣地參加過正義的「六年戰役」，但是後來的結局彼此大不相同；一個很得意，從畫像上就可以看出來，一個卻潦倒悲傷，在路旁作伸手的買賣。慈兒想

不透這中間的所以然，就時常去看祖父的畫像。他用明澈的眼睛凝望著畫像，希望畫像會告訴他一些什麼。

一天，父親出去了，慈兒又到書室中看祖父的畫像，忽然「啪塌」一聲，那幅畫像落了下來，使他大吃一驚。

托板跟框子脫離了，畫布摺皺了，許多油彩的碎屑落在地上，還有一本薄薄的書攤在框子旁邊。

慈兒覺得奇怪，畫像的框子裡怎麼會有一本書，他就拾起來看。書上的字寫得很大，一頁至多四五行，一團一團地，像陳列著拍死的蟑螂。他從頭看下去。

大塊的荒地，周圍五百里，開墾起來利益多麼大。

本來是荒地，無主的，誰都可以拿。誰拿到手誰就佔便宜，那是當然的。

他們要先下手了，理由是那荒地連接他們的境界。這是什麼話！有我們在呢，他們竟把我們看作不懂事的小孩子！

這種侮辱不能忍受！我們用「正義」這個口號跟他們鬥一下吧，戰爭！戰爭！

這裡有一頁空白，翻過了看次頁，字跡更加潦草，可以看出是在慌忙中寫的。

戰爭延長了五年，沒有必勝的把握。我們的人死得不少。這倒不打緊，死一批可以再招一批。只是軍需不足，吃用漸見困乏，最可憂慮。

待我算一算。如果我們失敗了，荒地既得不到，還許失掉所有的一切。如果我投一注大資本，讓我們勝了，保住了現有的自不必說，我是大股東，還可分得大部的荒地。

就是賭子也會走後面的一條路。

決意捐出全部家產的十分之九！一點兒一點兒搜到，積成這份家產雖然不容易，但是在這樣的生死關頭，也不能不演出這樣的壯舉。

以下的字特別大：

勝利！勝利！最後勝利屬於我們。

慶祝大會。被人家高高舉起，在大路上遊行。大家說沒有我就沒有這一回的勝利。

大部的荒地劃歸我大股東，要添養不知多少的奴才才能把荒地經營好。除夕，結算今年出入的總帳，利潤是破天荒的。我高興極了，我投資的眼光竟這樣準。

慈兒讀罷，如夢方醒，祖父自己寫的《六年戰役史》原來是這樣的！祖父當然要得意，乞丐當然要潦倒悲傷了。

給老乞丐的兩塊錢是父親給的，父親的錢是祖父傳下來，祖父的錢是老乞丐一班人代他掙來的。靠了人家的一條腿，掙來了許多的錢，從這中間取出兩塊錢來還給人家，能算做了慈善事業嗎？

「往根底裡做去！」不知誰說的這句話在他的心頭閃現。慈兒恍然解悟，他知道真實的慈善事業該從哪一方向著手了。

一九三〇年十二月三十一日寫畢

熊夫人幼稚園

兒童刊物《兒童世界》登載過一種連環畫，接連有好多期，叫做《熊夫人幼稚園》。在那熊夫人開設的幼稚園裡，有虎兒、雞兒、猴兒、豬兒、象兒、麒麟等孩子，他們很淘氣，常常想方設法作弄熊夫人，結果受到熊夫人的訓戒和斥責。故事都非常有趣，小朋友看了總不會忘記。有些小朋友也許會在夢裡走進那個幼稚園，跟虎兒猴兒們一起玩兒呢。

現在講的是那個幼稚園最末了的故事。

熊夫人是一位熱心的真誠的教育家。什麼叫做教育家？就是教導孩子們，養護孩子們，使孩子們樣樣都好，樣樣都長進的。教育家前頭又加上「熱心的」和「真誠的」，可知熊夫人絕不是隨隨便便的，馬馬虎虎的教育家。她當教育家不惜用全副的精神，並且希望收到完滿的效果。

一天午後，孩子們剛從午睡醒來，大家神清氣爽，一對對小眼睛看著熊夫人閃閃地耀光。他們都一聲不響，彷彿在等候熊夫人嘴裡出現什麼神奇的故事。熊夫人看孩子們這樣安靜，心裡十分愉快。她想：這時刻不像平常那樣鬧嚷嚷的，如果把早就想問他們的問題在這時刻提出來，真是再適宜沒有的了。

熊夫人輕輕拍了幾下手掌——這是她的習慣，跟孩子們說話之前總得先拍幾下手掌，然後用她那溫和的語調說：「孩子們，我要問你們幾句話，請你們各自回答我，說得越仔細越好。你們怎麼想就怎麼說，不要隱藏一絲兒在腦子裡。」

象兒有點呆氣，但是很聽熊夫人的話。他說：「知道了，我決不隱藏一絲兒。老師，您要是不相信，可以剖開我的腦殼來看。」

猴兒性急，他想起前一回猜中了謎語，得到熊夫人獎賞的糖果，不禁咽了一口唾沫。他蓋住孩子們的笑聲，喊著說：「老師您快問吧。我們回答得仔細，您可不要捨不得糖果。」

「糖果！」「糖果！」孩子們的舌尖上彷彿感到有點兒甜，都咂起嘴來。

「現在我發問了，」熊夫人又拍了幾下手掌，引起孩子們的注意，「你們為什麼要到我這裡來？這句話明白嗎？換一句話說，就是你們要從我這裡得到些什麼？你們各自把想望的告訴我吧，最明白自己的莫過於自己。」

虎兒的手立刻舉起來了，身子也聳起了半截。接著，別的孩子也舉起手，都表示願意回答。

熊夫人感激地笑了。她指著虎兒說：「照我們平時的規則，虎兒先舉手，你先說給我聽。」

虎兒得意地站起來，捋著虎須，一雙眼珠子向四周一掃，表示他的威武。他響亮地說：「老師，您當然知道我屬於怎樣一個種族。我們是喝別種動物的血、吃別種動物的肉過日子的。就是眼前這些同學，他們的祖先大半進了我們的祖先的胃腸！」

像雞兒那樣比較弱小的孩子，聽到這話不禁渾身顫抖，眼睛定定的，好像大禍就在面前。象兒卻不覺得什麼，他帶著嘲笑的口氣提醒虎兒說：「虎兒，這裡不是山林，難道你要學你的祖先，做出些不體面的事兒來嗎？」

「不，」虎兒直爽地回答，「我現在年紀還小，還在吃奶，不必學我的祖先。但是生活方法天然註定，非喝別種動物的血、吃別種動物的肉不可，這有什麼法想？我將來一定得跟我的祖先一樣生活，這是無須忌諱的。」他轉向熊夫人說：「老師，因為我將來一定得跟我的祖先一樣生活，所以要請您指導，練成跟我的祖先一樣的本領。我們有一種特別的技能，叫做『虎嘯』，伸長了脖子呼嘯一聲，能使周圍的動物個個失魂喪魄，尋不著逃生的路，只好伏在那裡等待我們走過去開宴。這種技能，我是必須練成的，希望您好好地給我指導。我們又有一種撲攫的功夫。別的動物離我們還比較遠，我們能夠像生了翅膀似的撲過去把他攫住，又一定攫住大動脈的部位，使他無論如何不能逃生，還便於吸盡他的最精華的血液。這種功夫也是我必須練成的，希望您給我好好地指導。此外沒有了。」

熊夫人閉了閉眼睛，把虎兒的話想過一遍，記住他所希望的是什麼，然後向雞兒點頭問道：「雞兒，現在輪到你了。你想望些什麼？回答我，要像虎兒說的那樣清楚。」

雞兒不先開口，他的頭向左邊一側，又向右邊一側，表示他想得很深，想得很苦。「老師，我們種族的命運，大概您不會不知道吧。生下可愛的蛋來，一會兒就不見了。走到垃圾桶旁邊，經常看見蛋殼的碎片。我們一家老小往往不能守在一塊，不是丟了爺，就是拋了娘。什麼地方去了呢？正如剛才虎兒說的，進了別種動物的胃腸，就此完了！我想這樣的世界太不對了，為什麼要用這一種動物的血和肉來養活那一種動物呢？

被吃掉的太苦痛了，吃掉人家的太殘酷了。改變過來吧，讓世界上沒有被吃掉的，也沒有吃掉人家的吧。這不是辦不到的事，只要改變大家的心，改變大家的習慣。老師，我雖然只是個小生命，我的志願可不小。我要勸說人家，把心改變過來，再不要做那種太殘酷的事兒了。從近便的開頭，自然先輪到同學虎兒，他年紀還小，殘酷的習慣還沒有養成。至於我自己，我已經打定主意不吃那些小蟲子了，吃些菜葉穀粒一樣過日子。但是用什麼方法勸說人家才能見效呢？我現在一點兒把握也沒有，希望老師好好地指導我。就是這麼一點兒要求，再沒別的了。」

「我決不聽他的勸說。」虎兒舉起手搶著說，不等熊夫人開口，「他說的是一種可笑的空想。沒有被吃掉的，也沒有吃掉人家的，這還成什麼世界！不如說索性不要這個世界倒來得徹底些。他那種族的命運不大好，我相信；但是這應該怪他自己，他為什麼要做雞兒，為什麼不做我虎兒呢？雞兒生來就是預備被吃掉的。」

熊夫人聽了虎兒的話，心裡有點兒糊塗，雞兒說得有道理，虎兒說的正相反，可是似乎也有道理。她怕虎兒當場就做出沒規矩的事兒來，破壞幼稚園的和平，就用不太嚴重的口氣禁止他說：「虎兒，我沒有叫你說話，你等會兒再說。現在豬兒站起來回答我吧。要注意你的鼻音。你的鼻音太重了，有時候人家聽不清楚你的話。」

豬兒說：「我的命運完全跟雞兒一樣，不必多說。可是我的意思完全跟雞兒不同。你想勸說人家，不要再做太殘酷的事兒，虎兒說這是空想，我說你簡直在做夢！力量只有用力量去抵擋。一邊是力量，一邊卻空空的一無所有，吃虧是當然的。我想我們種族從前也有過光榮的時代，生活在山林之中，長著鋒利的牙齒，奔馳來去，誰也不敢欺侮。

只因為後來改由人家飼養，一切生活就受人家的支配。人家給我們吃點兒東西，歸根結柢為了長胖他們自己的身體。我們的同伴又彼此分散，有的在這一家，有的在那一家，不能互相聯絡，這才落到現在這樣倒楣的地步！然而我並不悲傷，我望見前面有重見光明的道路。如果我們全體能夠聯絡在一起，就是非常偉大的力量，哪怕是虎兒的種族，也盡可以同他們對壘一下！」豬兒說到這裡，一雙小眼睛睜得很大，放射出勇敢的光輝。孩子們都覺得今天豬兒跟平時大不相同，他激昂慷慨，竟像一個準備臨陣的戰士。

虎兒又搶著說：「好，將來咱們對壘一下，看到底誰勝誰負！」

「虎兒你不要開口。豬兒，把你的話說完了。」熊夫人皺起眉頭，看看虎兒又看看豬兒。

豬兒搖著他的大耳朵繼續說：「我們可以立定志向，生活不再受人家的支配；我們吃東西只為我們自己要生活，不再為了養肥人家。這樣，光榮的時代就回來了！現在要老師指導我的是實現我這志願的方法。彼此分散的同伴怎樣才能聯絡在一起呢？大家一致的志向怎樣才能立定呢？親愛的老師，等到我明白了這些方法，我就好去做我要做的事了！」

「唔！」熊夫人她從眼鏡上面看著豬兒。想著，這是又一種希望，很值得同情，也得給他滿足才好。但是幼稚園裡教孩子只能走一條道路，如果依著豬兒的希望，就不能滿足虎兒和雞兒；依著虎兒的或者雞兒的，情形也相同。到底走哪一條道路好呢？她委實決定不下來。她心裡很亂，好像一個沒有主意的人到了岔路口，不知往哪個方面走才好。她只好再問：「麒麟，你希望我給你些什麼呢？」

　麒麟是個非常漂亮的孩子。他站起來，昂著頭說：「爸爸媽媽送我到這裡來以前，曾經這樣說：『孩子，我們是高貴的種

族，這一句話你必須永遠牢記！我們昂著頭，專吃那樹頂上的葉子，這就是高貴種族的一個證據。我們當然不用幹什麼活，只有牛呀馬呀那些賤東西才幹活。但是你在家裡太寂寞了，怕會悶出病來。送你到幼稚園去，讓你跟孩子們玩玩，消磨那悠閒的歲月吧。』於是我到這裡來了。老師，您什麼也不必教給我，只要讓我安安逸逸地消磨悠閒的歲月就成了。」

「原來如此！」熊夫人感到不大愉快，只點了點頭，表示聽明白了。她又問猴兒：「猴兒，你又怎麼說？」

猴兒聽熊夫人喚到他，身子一躍，就站在椅子背上，眼睛骨溜溜地亂轉，像個玩雜耍的孩子。他說：

「老師，您總該讀過《西遊記》吧？《西遊記》裡有個孫行者，他偷過王母娘娘的蟠桃。我也想吃王母娘娘的蟠桃，可是不知道怎樣上天去，怎樣把蟠桃偷到手。這一件您教給了我，我感激您三千年，三萬年！」

「要我教你偷……」熊夫人氣得再也說不下去。

她全身索索發抖，把眼鏡抖了下來，露出兩顆定定地瞪著的眼珠。

第二天，幼稚園關門了，因為熊夫人想了一夜，拿不定主意依哪個孩子的希望來教才好。她知道，不拿定主意胡亂教下去是沒意思的。她就把孩子們一個個送回家去，把「熊夫人幼稚園」的牌子摘了下來。

一九三一年二月一日發表

絕了種的人

考古家發掘很深的地層，得到一副骸骨，不像現在的人，但確實是人的骸骨。骷髏同平常人一樣大。脊骨又細又短，跟骷髏很不相稱，好像一個蘿蔔拖著一條小尾巴。四肢的骨骼更細得不成樣子，簡直像四根很細的毛連在那小尾巴上，粗心一點兒就看不清。

這新發現轟動了所有的考古家，他們要知道這是一種什麼人，這種人過怎樣的生活，為什麼會絕了種。你得相信，考古家真有那種本領，只須看到一塊骨頭，就能知道一種動物的生活和歷史；何況現在全副的骸骨都擺在他們面前，一小節骨頭也不缺少。

經過了多時的研究，考古家把這種人的生活和歷史完全弄明白了。這種人不是人類學上已經登記過的古代人，學名嘰哩咕嚕怪難記的；這是另一種族，時代比人類學上已經登記過的古代人還要早幾十萬年。關於這種人生活的情形和絕種的經過，考古家有詳細的學術報告書。印成專冊在全世界發行。現在把報告書的大概講一講。

這種人的祖先並不是這般形相的，頭顱，身體，四肢，都很相稱，同現在的人差不多。他們各自憑勞力過活，或種田地，或製貨品。因為大家這樣做，生產出來的東西足夠大家吃用。他們的身體都很強健——身體強健全靠勞動，這雖然是小學教科書裡常見的話，確實很有道理。

後來有一些人貪起懶來，仿佛覺得不花一絲力氣，白吃白用，更為幸福。他們就這樣做了。自己既不勞動，吃的用的當然是別人生產的。他們對著這種幸福的新生活，還有點兒不大寧貼。以前自己也勞動的時候，吃東西下嚥很滑溜，現在卻有點兒梗梗的了；以前享用一件東西，舒舒服服，稱心適意，現在卻像偷了人家的東西似的。這是羞慚的意念在那裡透出芽來。怎麼辦呢？要去掉這一點兒不寧貼才好。這些人於是想出一個理由來為自己辯護，遏住那羞慚的芽。

理由是說他們勞了心；勞了心的就用不著勞力；勞心勞力，兩件之中勞了一件就成了。

特地想出來的為自己辯護的理由，往往越想越覺得對，猶如相信自己長得美的，越照鏡子越覺得自己長得美。理由對，那麼勞心豈不是一件很有價值的事，值得尊敬值得歌頌麼？他們便想出尊敬自己歌頌自己的種種方法來：譬如說，勞心得安安逸逸坐在宮殿裡才成，不比勞力不妨冒著風霜雨雪，這是一；勞心是要寫起方丈的大字刻在高山的石壁上的，不比勞力把力量用盡就完事，這是二；……

還有一種方法必得講一講。他們請教變戲法的替他們布置一種魔術的場面，布置停當了就開大會，讓所有的人都來看。魔術開始了，轟然一聲，五彩的火光耀得人眼睛昏眩，火光中仿佛有龍、鳳、麒麟、騶虞等等禽獸在舞蹈。不知什麼地方奏起音樂來，那些禽獸的舞蹈合著音樂的節拍。在中央，高高顯出那些勞心的人，似乎凌空的，並不倚著或者坐著什麼東西。他們穿的衣服畫著莫名其妙的花紋和色彩，質料不像普通的絲棉毛羽。他們的神色非常莊嚴，眼睛看著鼻子，一笑也不笑，像廟裡的神像。不等眾人看得清楚，又是轟然一聲，火光全滅了。大家的鼻子前邊拂過一陣濃烈的松脂氣和硫磺氣。但是大家不免這樣想：「他們勞心的人好像真有點兒特殊；不然怎麼能高高地顯現在中央，而且什麼也不倚傍呢？」

自己尊敬自己歌頌的結果，羞慚的芽兒早就爛掉了，代替羞慚的是驕傲的粗幹。「勞心的人和勞力的人應該分屬於兩個世界，比方說勞心的人在天上，那麼勞力的人豈止在地下，簡直在十八層地獄裡。」那些驕傲的心這麼想。

勞心的人到底勞的什麼心呢？一定有人要這樣問。這裡不妨大略講一點。

有些人自信有特別的才能，會替天下人想各種的方法。比如有人問，做人應該怎麼做？他們就回答，做人要一天到晚，一晚到天亮，一刻不停地勞力，直到臨死，還得把這樣的好模範傳給子孫。比如再問，應該崇拜什麼樣的人？他們就回答，最切實最可靠只有崇拜他們，因為他們是現成的擺在那裡的偉大高尚的人物。他們代天下人想出來的許多意見往往寫成書籍，流傳後世，成為寶貴的經典。

有些人懂得算學，能夠計算勞力的人生產出多少東西來；比如有三百十七升穀子，他們能算明白這就是三石一斗七升。又懂得兌換的事情，一塊大洋可以換幾個小銀元，一個小銀元可以換幾個銅子兒，他們弄得很清楚。計算和兌換的結果，他們家裡穀子和銀洋積得很多，人家稱他們為富翁。

有些人編成一種戲文，分配停當腳色，排練純熟，預備喜慶祝賀的時候演唱；或者日子太空閒，生活太無聊，就敲起鑼鼓來演唱。戲文裡的故事往往是滑稽的，不是美麗的公主同小白兔結婚，便是窮書生夢裡中了狀元。看演戲文的自然也是勞心的人，他們勞心，才懂得那戲文的高妙。

也說不盡許多，總之這班勞心的人沒有生產出一粒穀子來，沒有生產出一個瓦罐來。他們取各種東西吃，取各種東西用，也不想想這些東西怎麼生產出來的。

中間也有少數人專門幫助勞力的人想辦法。他們或者研究種植的道理，使本來收一升的得收一升半；或者研究製造的技巧，使本來粗陋的製品得以精良。但是他們自己從來不動手。倘使你要從他們那裡得一點可以吃的可以用的東西，他們也只能給你一雙空空的手。

勞力的人怎樣呢？一部分人傳染了貪懶的毛病，同時羨慕那體面顯耀的勞心生活，也想加入勞心的一群。可是這時候不比以前了，不能夠想怎樣便怎樣，要加入勞心的一群先得受一番訓練。正好那些老牌的勞心的人開出許多學校來，專收羨慕勞心的人，教授勞心的功課。來學的學生塞滿了每一間教室。他們個個明白，只待畢了業，那就堂而皇之是勞心的人了，他們的地位在上面的一個世界，有種種的安適和光榮。

每一個勞力的父親送兒子進學校，對他這樣祝禱：「現在送你進學校，祝你永與勞力無緣！你將來是勞心的人，一切安適和光榮都屬於你！你儘管白吃白用，快樂無窮！」

兒子自然笑嘻嘻地跳進學校，連吞帶咽學習那些勞心的功課。有些因為異常用功，沒到規定的年限就畢了業。畢業以後的情形完全合著父親的祝禱，那是不待說的。

學校裡學生越來越多，就是勞力的人越來越少。生產出來的東西漸漸不夠大家吃用，這成為全種族的重大問題。

有什麼方法增多生產的東西呢？

勞心的人到底勞慣了心，他們略微一想，方法就來了：「這很容易，只須讓勞力的人加倍勞力就行了。」

事情就照樣做了。勞力的人加倍勞力，生產的東西也加一倍；雖然有許多白吃白用的人，還勉強足夠分配。

勞心的人於是開慶祝大會，慶祝他們的主張成功實現。那一天，單是葡萄酒一項就倒空了幾千萬桶，這酒當然是勞力的人釀的。

但是勞心的人還有一件未免懊喪的事。他們取歷代祖先的照相來對比，發見一代比一代瘦弱。看看自己軀體，細得像一竿竹，四肢像枯死的樹枝，只有頭顱還同祖先一樣，不曾打折扣，皮色是可憐地白，好像底層沒有一絲兒血流過。生活雖安適而光榮，這樣的瘦弱畢竟是大可憂慮的。

勞心的人當然明白這完全是太不勞力的緣故。他們想這樣下去可不行，也得勞點兒力才好。於是他們做一種打球的遊戲。打了一下走向前去，尋到那個球再打一下，再走向前去，這是全身的運動。但是他們不高興自己帶打球的棒，另外雇一些人給他們背袋子，把打球的棒插在袋子裡。被雇的自然是勞力的人。

這種遊戲成為一時的風尚。無數的田畝開闢作打球的場地，本來是種稻麥蔬

菜的，現在鋪著一碧如絨的嫩草。一組比賽者跟著另一組比賽者，腳步勻調而閒雅，像電影中特別慢的鏡頭。可愛的小白球在空中飛過，背打球棒的人追趕著小白球，看落在什麼地方，弄得滿頭是汗。

有少數人眼光比較遠一點兒，說這樣不大好，與其打這無謂的球，何不徑去耕一畝田，織一匹布。人要生活，總要吃要用，而各種東西總得由勞力生產。眼看情形很危險，勞力的人好像中了魔，大批大批地向勞心的群裡鑽，說不定會有一個也不剩的那一天，真個不堪設想。不如預先防備，每個勞心的人勞一點力，不論研究什麼事情的，都兼做勞力的工作。

這個意見使全體勞心的人哄然發笑。

「誰願意聽這樣沒出息的意見！勞力的人尚且要擠進學校升為勞心的人，難道我們反而要降下去麼？在地上的人希望爬到席上；我們在天上，卻自己跌到十八層地獄底裡？我們沒有那麼傻。危機並不是沒法排除的，方法很簡單，教勞力的人再加倍勞力就是了。」

那些眼光比較遠一點兒的人看到大家都不同意，而他們自己又本來沒有真個去勞力的勇氣，也就罷了。

打球的遊戲太輕鬆了，並不能恢復勞心人的體格。他們搖搖擺擺在路上往來，像盂蘭盆會中出現的那些紙糊的大頭鬼——頭顱實在並不大，因為肢體太小，顯得特別大。

勞力的人當不住加倍又加倍的重任，就連本來不想貪懶的人也只好投入勞心的學校，希望透一透氣。

到最後一個勞力的人進了學校，這一種族就滅絕了。他們是餓死的。

一九三一年四月三十日發表

將來做什麼

放暑假了，李宜、黃和、潘敏三個同學約好了，一同出去旅行。他們去跟老師告別，並且請老師指教，旅行中應該注意些什麼。

老師聽了他們的話很高興，他說：「旅行有說不盡的好處，只要你們帶著清醒的頭腦，所有的見聞都是你們應得的報酬。應該注意什麼，卻很難說，因為世界上任何一件事物，到了適當的時候，對咱們都會有用處。咱們沒法用秤去稱，說這一件相當於半斤，那一件只有四兩。但是，我不妨給你們出一個題目。你們在留心各種事物的同時，不要忘記解答這個題目，你們這回旅行就更有意義了。」

「什麼題目呢，老師？」三個孩子齊聲問，三雙明瑩的眼睛都射出熱望的光。

老師說：「我曾經問過你們：你們將來要做什麼事業？你們總是搖頭，表示自己也不知道。我現在問的仍舊是這個問題。不用立刻回答我，只要在旅行中時刻想到它，你們的所見所聞自然會幫助你們作出答案。」

「是這樣麼？」李宜看著老師的臉，他的頭腦中朦朧地浮現一些新鮮的風景和陌生的人物，卻想不透這些風景和人物怎麼會決定他自己將來的事業。

「我們還是十一二歲的孩子，做什麼事業，最早也要等到十七八歲吧。」黃和認為眼前還談不到這個問題。

潘敏接著說：「做什麼事業，要看各人的能力。我們現在的能力還不夠，還得逐步鍛煉；將來可能去經商，也可能去管理醫院，現在還沒法知道。」

老師點點頭，看看這個，又看看那個，他說：「你們說的都不錯。你們年紀還輕，還沒有做事業的能力，現在就要選定一種事業是辦不到的。我並不要你們現在就選定將來的事業。比如你們這一回出去旅行，向南呢，向北呢，向東呢，向西呢，先得定個方向，才好開步走。我的題目就是教你們選定將來做什麼事業的方向。如果盡抬著頭空想，是選定不了方向的，從種種切實的經驗裡，卻自然會得出恰當的結論。在旅行中，你們收集到的經驗一定非常豐富，所以我教你們留心這個問題。」

「聽老師這樣說，我們當然願意隨時留心。」三個孩子都這樣說，好像約好了似的。

「再會，親愛的老師。」

「再會，親愛的小朋友。」

三個孩子辭別了老師出來，望著明藍的晴空，心裡想像著未來的生活有多麼美妙。

潘敏說：「選定了方向，我們以後所有的努力都準對著它，鍛煉的興趣一定更高了。」

三個孩子最先來到一座城市。街道兩旁排列著店鋪。水果鋪的色彩又鮮又嫩，綢緞鋪的色彩卻是炫耀的，藥房是雪白的，電器店錯雜著銀白和金黃。忽然一道乳白色的光彩吸住了他們的眼光，使他們停住了腳步。

這是一家象牙鋪，玻璃櫃裡陳列著象牙雕品，有老壽星，有山水屏風，有女人用的首飾盒子，有賭博用的牌，各色各樣，說也說不盡，把一間店堂裝飾得潔淨可愛，仿佛灰塵見了都自慚形穢，沒有一顆敢飛進去似的。

店堂裡只有一個老人，低著頭，戴著眼鏡，伏在櫃檯上工作。他在雕刻一個象牙球，有小西瓜那麼大。那是非常精細的工作，他右手拿著刀，貼著那個象牙球，等了好久好久，似乎還不見他動一動。他的身子好像僵化了，手上的皮色跟白潤的象牙相對比，顯得更黑更乾燥。再看那個象牙球，它的表面已經雕滿了極其細緻的花卉圖案。

老人把刀尖插進花卉圖案的底層，有一寸多深，在仔細地剌剔。

「這是什麼？」李宜問。

老人這才動了一下身子。他抬起頭，一隻右眼從眼鏡側邊瞪著欄杆外邊的孩子，原來他的左眼已經瞎了。他噓了一口氣，好像自言自語似的說：「這叫做『母子牙球』，球裡包著球，球裡包著球，一共二十四層，每一層球都跟外面的球一樣，表面都要雕滿工細的花卉。」

「真不容易！」黃和不覺讚嘆說。

潘敏也說：「怎麼看不出拼縫來呢？」

「什麼？拼縫？」老人有點兒動怒了，好像聽到了誣衊他的話似的。「小弟弟，你們不懂，我來告訴你們。如果是拼起來的，那還有什麼稀罕？你們要知道，這是整塊的象牙！先把外面的花卉雕好了，漸漸把裡邊鏤空，使裡邊成為一個渾圓的球，可以自由轉動，這就是第二層，然後再在第二層的表面雕刻。就這樣鏤空一層，雕刻一層，一直到第二十四層——中心的那個小球。小球面上還要雕刻花卉，一點兒也馬虎不得。小弟弟，你們想，我一生做的就是這樣的工作！」

「做了一生？」三個孩子一齊注視老人拿著刀的手，覺得這真是一隻神奇的手，要不，怎麼能做這種連想也很難想得清楚的工作呢。

「怎麼不是一生？」老人說，「像你們這麼大的年紀，我就學這宗手藝，現在已經六十九了。」

「這樣的球，你雕過多少個了？」李宜問。

「雕一個至少得一年半，哪裡能雕多少。記得這是第二十一個。」

「這個球有什麼用處？」潘敏問。

「富貴人家嫁女兒，這是嫁妝裡最貴重的擺設。『母子牙球』，名兒就是多子多孫的好兆頭。我手裡的這一個是賈家定下的，大富翁，五百萬的家私。他們家的小姐就要出嫁了，好日子定在明年春天，我的球才雕到第九層呢。」

老人說到這裡，急忙低下頭繼續工作，好像有一條無形的鞭子在監視著他。他的身子又恢復了方才的僵化的模樣。

三個孩子用眼光向老人告別。他們離開了象牙鋪，一邊走一邊議論。

李宜說：「這種手藝真神奇！」

黃和說：「雖然神奇，卻沒有多大的意義。那位老人耗費了一生的精力，只給二十幾個人，每人作了一件精緻的擺設。」

潘敏說：「給少數幾個人做擺設，裝場面，都沒有什麼意義。就像從前的文人，給皇帝作文刻碑，頌揚功德，現在看來也只是演滑稽戲。」

黃和說：「咱們不要忘記了老師的問題。咱們將來願意做雕刻『母子牙球』這一類的事業麼？」

李宜和潘敏同聲回答說：「不，不，誰願意給少數幾個人做擺設裝場面呢！」

黃和高興地接著說：「我也決不願意，咱們三個的想法是相同的。」

第二天早晨，三個孩子走到郊外。那裡有一個很大的荷花塘，沿岸栽著垂柳，蟬聲急一陣緩一陣地從柳條叢中送出來。還離得很遠，他們已經聞到了荷花的清香，都覺得心神舒爽，不由得加快了腳步。

走到塘邊，他們看到一個新奇的景象，許多男的女的，一個人乘坐一隻木盆，在綠葉紅花之間來來往往。他們都一隻手托著瓷缽，另一隻手攀住一朵荷花，輕輕地把花朵朝下彎，好像把什麼倒在瓷缽裡；然後輕輕地放手，讓花朵依舊直立，接著又攀另一朵。男的女的忽來忽往，荷花荷葉搖擺不定，整個荷塘成為一個紅綠舞動的場面。

「他們在做什麼？」李宜的眼睛都看花了。

黃和直望著荷塘說：「當然不是採菱，也不是採荷花。他們好像在侍候荷花梳妝打扮哩。」

李宜和潘敏都笑了，覺得這個比擬挺有趣兒。

兩個姑娘把木盆划到岸邊，上岸來了。她們都捧著一隻瓷缽，用鮮嫩的荷葉蓋著，好像得了什麼寶貝似的，臉上的神色又高興又鄭重。

李宜忍不住走上去問：「能不能讓我們看一看，你們的缽裡盛的什麼東西？」

兩個姑娘看這三個孩子都這樣好奇，很願意解答他們的疑問。她們十分小心地把瓷缽放在地上，挺直身子，掠了掠額前蓬亂的頭髮，個兒稍高的那個才開口說道：

「缽裡盛的是荷花花心中的露珠。一朵荷花只有一滴，這麼大的一滴。」她說著，右手的拇指抵著小指，露出小指的一丁點兒指尖，表示露珠那麼細小。

另一個姑娘彎下身來，揭開蓋在瓷缽上的荷葉，對孩子說，「你們看，一個早晨，只收到這麼一點兒。」

三個孩子圍著瓷缽低頭看，缽底裡只有一薄片清水，香氣很濃，他們聞著，好像來到了茂密的荷花深處。

「你們把露珠收回去，是自己喝麼？」李宜又問。

「不是，不是。」兩個姑娘連連搖頭，好像受到了過分的抬舉，臉上露出不好意思的神色。

個兒稍高的姑娘說：「這露水不是給人喝的。你們要知道這裡的荷花很特別，是別地方都沒有的，好處就在它的香氣。一般的荷花香氣清，但是很淡；這裡的荷花香氣也清，卻非常濃。一般的荷花，香氣容易消散；這裡的荷花，香氣經久不散，沾到什麼東西上，十天半個月還是香噴噴的。經化學專家檢驗，知道這裡的荷花花心中的露珠最適宜製造上等香水。所以每年到了荷花開放的季節，我們每天清早都要到這裡來收取花心中的露珠。把大家收到的露珠彙集在一起，送到製造香水的工廠，不知要經過多少回提煉，加進哪些質料，才製成一瓶一瓶的香水。聽說小小的一瓶，價錢足夠我們一家人半年的吃用呢，自然只有大戶人家的太太小姐才用得起。」

三個孩子這才明白了，他們互相看了一眼，好像聽了什麼神怪故事。

另一個姑娘鄭重地端起瓷缽，對她的同伴說：「咱們快回去吧。天氣這樣熱，多耽擱一會兒，露水就會多乾掉一點兒，我們就得多損失一點兒。」

兩個姑娘小心地捧著瓷缽，急急忙忙回去了。

黃和望著她們的背影，嘆息說：「想不到世界上還有做這樣的工作的人。」

「這當然又是沒有意義的事兒。」潘敏一隻手輕輕地搔著前額，沉入深思。

李宜接著說：「為什麼沒有意義，咱們不妨仔細想想。」

潘敏說：「香水這東西，根本沒有用處。」

黃和說：「大戶人家的太太小姐，世界上到底有多少呢？何必花費這許多心思和勞力，製造出只能讓人聞到點兒香氣的東西，給少數幾個太太小姐灑在身上呢？」

潘敏說：「不問製造出來的東西有沒有用，只要能換到錢就好。這跟昨天那個老人雕象牙球，不是一個樣兒嗎？」

李宜最後歸結說：「這一類事兒都是咱們不願意做的。咱們將來不能閉著眼睛，不管做出來的東西到底有沒有用處，只要能換到錢就好。」

他們走到大河邊上。這條大河是運輸要道，岸邊的碼頭上停泊著許多大大小小的船。一支支桅杆矗立在空中，跟那些從桅頂斜曳下來的繩索構成粗獷壯美的線條。許多搬運的人在碼頭上忙碌著，他們赤著膊，渾身是汗，有的把船上的貨物搬下來，有的把貨物搬上船去。有的船裝滿了貨物，開走了；又高又寬的帆影映在陽光閃耀的河面上，漸漸遠去，到遠處河身一曲，只看見布帆像手帕一般，在平原上緩緩移動。

碼頭上排列著許多倉庫。三個孩子走到一座倉庫門口，看到不少人挑著籮筐進進出出。挑進去的是麥子，他們把麥子倒在地上，出來的時候，籮筐就空了。倉庫裡，黃金色的麥子已經堆得兩尺多高了，還有麥子在不斷地倒上去，跟先在那裡的麥子混和在一起。

一個穿深青布衫的人挑著空籮筐出來了，黃和攔住他問：「您那麥子是哪裡來的？」

「我自己種出來的。」那個人拍了拍胸脯，好像表示他有種出麥子來的力量。

黃和指指那些出出進進的人，又問：「那麼他們的呢？」

「他們的是他們自己種出來的。」

「為什麼把麥子堆在這裡？」

「堆在這裡等待裝船，好運到別處去。這條河四通八達，向東，向南，向西，向北，麥子裝上了船，哪裡都能去。」那個人舉起右臂，在空中畫了一個大圈，好像他是主人，把自己的領地指給別人看似的。

「原來這樣。謝謝您的好意。」三個孩子一同說。

那個人挑著空籮筐走了，三個孩子還站在那裡看。一擔麥子倒出來，就跟大夥兒的麥子並了家；接著來的第二擔第三擔，情形也一樣。李宜覺得很有意思，他說：「假若有一個人想從這倉庫裡揀出一擔麥子來，要每一顆都是他自己種的，這辦得到嗎？」

「當然辦不到。」潘敏說。「但是誰都相信，這倉庫裡有他的一擔麥子。他為什麼一定要把自己種的麥子揀出來呢？」

黃和轉過身去，望著岸邊的無數桅杆，他說：「一個人種出來的一擔麥子，可能讓船運到八處十處，甚至一百處地方去。這條大河裡有開往各處去的船。」

潘敏接上去說：「不管運到多少處地方，都是供人們吃飽肚子的呀。咱們中午吃的饅頭，說不定就是剛才那位朋友去年種的麥子做的哩。有人種出麥子來，就有人受到實惠。不管麥子積聚在一處，或者分散到各地，實際上毫無分別，受到實惠的同樣是人們。一個人多種出一擔麥子來，人們的食物就豐足一些。」

「這很有意義！」李宜好像發現了新事物一般，興奮地喊起來。「生產一些東西，能使人們得到實惠。像這些挑著籮筐的人一樣，各自把自己種出來的麥子倒在倉庫裡；咱們將來要做的，應該也是這樣的事業。」

「對，應該是這樣的事業。」潘敏和黃和一同舉起右臂說。

他們又去參觀一個紡織工廠。工廠裡有三千多個男女工人。機器都由皮帶帶動，輪子在旋轉，杠杆在伸縮；工人用他們的手和腳，全神貫注地管理著機器；一間廠房就是一個活躍生動的世界。機器的聲音有點兒震耳，但是很均勻，而且有節拍，好像奏一支雄壯的樂曲。

三個孩子先到材料庫，雪白的棉絮堆得比他們的身子還高。搬運工人還在一大包一大包地背進來，這座棉絮的山還在不斷地擴大。

黃和湊近他的同伴高聲說：「跟麥子倉庫裡的情形一個樣兒，這些棉絮不知道是多少個人種出來的，現在混和在一起了。」

李宜和潘敏都點點頭，表示他們也理會到了。

他們又來到紡紗車間。送到這裡來的棉絮先彈得很鬆，再梳得很勻，然後搓成棉條，紡成粗紗，紡成細紗，這些工作都是由工人操縱的機器來完成的。

走出紡紗車間的時候，潘敏很有興味地說：「把棉絮彈鬆梳勻，這是工人的力量；工人把種棉花的人的力量融合在一起了。把彈鬆梳勻了的棉絮搓成棉條紡成紗，這也是工人的力量；工人把種棉花的人的力量絞結在一起，變得更加緊密更加堅實了。呀，如果沒有人的力量，就什麼事兒也做不成。」

「是呀，值得讚美的是人的力量！力量，力量，人的力量！」黃和好像唱進行曲似的。他右手挽著潘敏，左手挽著李宜，三個人踏著整齊的步伐，像上操的士兵一樣，走向織布車間。

織布車間裡整整齊齊地排列著幾十臺織布機。織布機上整整齊齊地張著經線，梭子急速地一來一回，引著緯線在經線之間穿過。可以看出來，在卷布軸上，新織成的布很快地在增加。

「看！」黃和搖動兩個同伴的手。「由於織布工人的力量，種棉花的人的力量又互相交織在一起了。」

李宜聽了很感動，他說：「咱們有衣服穿，世界上所有的人有衣服穿，都受這種力量的恩惠！」

「誰說不是呢！」潘敏像宣誓般地說。「咱們選定了將來的事業的方向了。拿出自己的力量來，跟大家的力量融合在一起，絞結在一起，交織在一起，生產出一些東西來供大家享用，這是最正當的方向。」

「不錯。咱們認定了，這是最正當的方向。」黃和緊握著潘敏和李宜的手，好像彼此立下了信約。

李宜笑著說：「我們這回回去，能夠回答老師的問題了，用不著再像以前那樣搖頭了。」

一九三一年十月十四日發表

月姑娘的親事

據說，曾經有過這樣的事兒：

月姑娘要挑選一個最有用的丈夫。人家猜想，她會選中太陽吧？可是她嫌太陽太懦弱無用了，每天呆呆地站在天空中，什麼事兒也不幹。她不願意有那樣的丈夫。

月姑娘聽說世界上最有用的是電。他能夠變成光，像太陽一樣照耀；他能夠變成熱，像木柴煤炭一樣煮東西；他能夠變成力量，像牛和馬一樣拉車，像人一樣做工：電才是她所想望的丈夫。她請專替人作媒的月下老人到電那裡去，問電要不要娶她做妻子。

月下老人非常高興地跑去，他以為月姑娘那樣漂亮，她的婚事一定一說就成功。他找到了電，眯著老花眼說：「恭喜你，你的運氣來了！那位月姑娘——世界上最美麗的一位——愛上你了！她叫我來替她作媒，可不是你的運氣來了？」

電覺得很奇怪，他問：「你可知道她為什麼愛上了我？」

月下老人說：「她說你是世界上最有用的一個，能夠做一切偉大的工作。她說只有你才配做她的丈夫。」

電搖頭說：「她要嫁給世界上最有用的一個，我就不配做她的丈夫了。她說我有用，那沒有錯，可是我還得靠著煤。我的老家是發電機，一定要等燃燒著的煤給了我力量，我才能夠跑出來做各種各樣的工作。這樣看來，煤比我更有用，請月姑娘嫁給煤吧。如果嫁了我，她將來會失望的。我怕她將來失望，只好辜負她的好意了。」

月下老人覺得電的話很有道理，就去回復月姑娘，說這樁親事沒說成。月姑娘聽說煤比電更有用，就請月下老人到煤那兒去，替她說親。

月下老人找到了煤，又眯著老花眼說：「煤先生，月姑娘聽說你是世界上最有用的一個，能夠把力量給電先生，使他做一切偉大的工作。因此她愛上了你，特地叫我來替她作媒。」

煤沒料到會有這樣的事兒，很慚愧地說：「月姑娘的好意，我十分感激。只是我年紀老了，加上隱居在地底下幾千萬年，弄得渾身黧黑，萬萬配不上那樣漂亮的月姑娘。請您老先生替我婉言謝絕了吧。你老先生果真要替月姑娘作媒，我看還是把植物先生介紹給她吧。植物先生是我的本家，年紀可比我輕多了。」
月姑娘又請月下老人去找植物。植物聽月下老人說明了來意，也不敢答應。他埋怨說：「煤把我介紹給月姑娘，真是老糊塗了。月姑娘要挑選的是世界上最有用的一個，我雖然有用，哪兒說得上最有用呢？世界上最有用的是太陽先生。就說我吧，我所有的力量都是他給的，要是沒有他，我就不能攝取泥土裡和空氣中的養料，做成我的血和肉。請您老先生告訴月姑娘吧：太陽是世界上一切力量的泉源，是世界上最有用的一個。要是沒有太陽，也就不會有植物，不會有煤，不會有電了。」
月姑娘聽了月下老人的回復，很是發愁。
月下老人安慰她說：「好姑娘，不用煩惱。太陽既然是世界上最有用的一個，你就嫁給他吧。看他呆呆地站在天空中，好像什麼事兒也不幹，實際上他做的卻比誰都多呢。你還猶豫什麼呢？我到太陽那兒去了，這一回保你一說就成功。」
月姑娘望著月下老人漸漸遠去的背影，一聲不響，她默默地同意了月下老人的建議。

一九三四年五月發表

最有意義的生活

一塊小青石和一塊小黑石被山水沖到灘上，停留在許多石塊中間，已經一年光景了。它們身旁長著青青的草，開著可愛的小花，常常有蝴蝶的蚱蜢飛來。它們的生活平靜極了，安適極了。

一天，小青石對小黑石說：「太安靜了，有點兒不習慣！」

小黑石回答說：「是的，真個太安靜了。回想被山水沖下來的時候，迷迷糊糊的，不知道將要怎麼樣了，那情形真跟夢裡一般。」

小青石說：「這樣安靜的日子，我過厭了。一年到頭耽在這兒，太乏味了。要是我能夠跟蝴蝶和蚱蜢一個樣，想去哪兒就去哪兒，那該多好呀！」

小黑石想了一會兒才說：「別胡說了，咱們石頭天性就是老耽著不動的。」

「雖說是天性，老耽著不動有什麼出息呢？」小青石說，「在山上咱們的老家裡不是有許多水晶和瑪瑙嗎？它們都到都市裡去了，有的成了姑娘的髮簪，有的成了哥兒的鈕扣。它們到處都去，長了不少見識，過著有趣的生活。我身上也有好看的光彩，到了都市裡，說不定也會成為姑娘的髮簪，成了哥兒的鈕扣。」

「你的話也許沒錯。」小黑石說，「可是你怎麼去呢？」

小青石說：「我希望有誰把我揀去，帶到都市裡，老耽在這裡真把我悶死了。再說，要是山上發大水，把咱們一直沖進了大海，那就完了。咱們沉入海底，永遠沒有出頭的日子了。」

小黑石被太陽晒得暖暖洋洋的，非常舒服，它只覺得小青石的話越來越模糊，一會兒就睡著了。

過了幾天，石灘上來了一群工人。他們用鐵鏟鏟起石塊，投進小車；又把小車推上岸，把小石頭裝上火車，運進都市去。

小青石得意地想：「我就要到都市裡去了！說不定會跟水晶和瑪瑙碰頭吧。我將會成為髮簪還是成為鈕扣呢？不管成為什麼都一樣，總之是姑娘和哥兒的朋友了。喂，快把我也鏟起來吧！」

果然，小青石和小黑石跟別的小石頭一起，被鐵鏟鏟起來了。在投進小車的時候，不知怎麼的，小黑石掉了下來，滾進了草叢裡。

小青石大聲喊：「怎麼啦，我的朋友？你怎麼不一同去呀？」

可是一點兒回音也沒有。小青石非常可憐小黑石，大家都要到城市裡去了，只有它一個仍舊留在這裡。

一會兒，小車動起來。小青石滿心歡喜，小車很顛簸，它卻覺得異樣的舒服。

第三天早上，小青石和許多同伴被卸在一條寬闊的道路邊上。一把大鐵鏟把它們鏟起來，跟沙和水泥混在一起，加上水，翻來覆去地攪拌。

小青石渾身沾著濕漉漉的水泥，被攪得頭都暈了。它不免生氣說：「這究竟是怎麼回事？這樣蠻不講理的，把我們翻來覆去攪拌。為什麼不把我們送到珠寶鋪子裡去呢？」

大鐵鏟更加使勁地攪拌。小青石渾身塗滿了沙和水泥，連氣都透不過來了。最後，它跟沙和水泥在一起，被鋪在道路上，壓得平平地，蓋上了一張草席。

小青石累極了，它一聲不響，忽然覺得它跟周圍一同變硬了。它原先是堅硬的石塊，這時候好像比先前硬了許多倍，跟先前大不相同了。過了些時候，草席被揭掉了，一隻草鞋正好踏在小青石上。

「奇怪，我變成什麼東西了？」小青石想了一會兒才明白過來，它已經成為水門汀的一小部分了。

從此以後，每天每天，不知道有多少人腳在小青石上踩過：小朋友的穿著布鞋的腳，小販的穿著草鞋的腳，年輕的女人穿著緞鞋的腳，乞丐赤著的腳。小青石看著許許多多人的腳，心裡非常快樂。

自己成了讓所有的人走的路，真是再快樂沒有了。小青石不屬於姓張的，也不屬於姓李的；它不是誰私有的東西，而是為大眾服務的一個。它支持著大眾的腳，它不再羨慕水晶和瑪瑙了。它想：「我過的是最有意義的生活。」

「小黑石說得很對，咱們石頭的天性就是老耽著不動的。不過，要像我現在這樣老耽著不動才有意義呢！」小青石這樣想著，看著在它身上踩過的腳。

一九三四年五月發表

「鳥言獸語」

一隻麻雀和一隻松鼠在一棵柏樹上遇見了。

松鼠說：「麻雀哥，有什麼新聞嗎？」

麻雀點點頭說：「有，有，有。新近聽說，人類瞧不起咱們，說咱們不配像他們一樣張嘴說話，發表意見。」

「這怎麼說的？」松鼠把眼睛眯得挺小，顯然正在仔細想，「咱們明明能夠張嘴說話，發表意見，怎麼說咱們不配？」

麻雀說：「我說得太簡單了。人類的意思是他們的說話高貴，咱們的說話下賤，差得太遠，不能相比。他們的說話值得寫在書上，刻在碑上，或者用播音機播送出去。咱們的說話可不配。」

「你這新聞從哪兒來的？」

「從一個教育家那裡。昨天我飛出去玩，飛到那個教育家屋簷前，看見他正在低頭寫文章。看他的題目，中間有『鳥言獸語』幾個字，我就注意了。他怎麼說起咱們的事情呢？不由得看下去，原來他在議論人類的小學教科書。他說一般小學教科書往往記載著『鳥言獸語』，讓小學生跟鳥獸作伴，這怎麼行！他又說許多教育家都認為這是人類的墮落，小學生盡念『鳥言獸語』，一定弄得思想不清楚，行為不正當，跟鳥獸沒有分別。最後他說小學教科書一定要完全排斥『鳥言獸語』，人類的教育才有轉向光明的希望。」

松鼠舉起右前腿搔搔下巴，說：「咱們說咱們的話，並不打算請人類寫到小學教科書裡去。既然寫進去了，卻又說咱們的說話沒有這個資格！要是一般小學生將來真就思想不清楚，行為不正當，還要把責任記在咱們的賬上呢。人類真是又糊塗又驕傲的東西！」

「我最生氣的是那個教育家不把咱們放在眼裡。什麼叫『讓小學生跟鳥獸作伴，這怎麼行！』什麼叫『一定弄得思想不清楚，行為不正當，跟鳥獸沒有分別！』人類跟咱們作伴，就羞辱了他們嗎？咱們的思想就特別不清楚，行為就特別不正當嗎？他們的思想就樣樣清楚，行為就件件正當嗎？」麻雀說到這裡，胸脯挺得高高的，像下雪的時候對著雪花生氣那個樣兒。

松鼠天生是聰明的，它帶著笑容安慰麻雀說：「你何必生氣？他們不把咱們放在眼裡，咱們可以還敬他們，也不把他們放在眼裡。什麼事兒都得切實考察，才能夠長進知識，增多經驗。我現在想要考察的是人類的說話是不是像他們想的那麼高貴，究竟跟咱們的『鳥言獸語』有怎樣的差別。」

「只怕比咱們的『鳥言獸語』還要下賤，還要沒有價值呢！」麻雀還是那麼氣憤憤的。

「麻雀哥，你這個話未免武斷了。評論一件事兒，沒找到憑據就下判斷叫作武斷。武斷是不妥當的，我希望你不要這樣。咱們要找憑據，最好是到人類住的地方去考察一番。」

「去，去，去，」麻雀拍拍翅膀，準備起程，「我希望此去找到許多憑據，根據這些憑據，咱們在咱們的小學教科書裡寫，世間最下賤最沒價值的是『人言人語』，咱們鳥獸說話萬不可像人類那樣！」

「你的氣還是消不了嗎？好，咱們起程吧。你在空中飛，我在樹上地下連跑帶跳，咱們的快慢可以差不多。」

麻雀和松鼠立刻起程，經過密密簇簇的森林，經過黃黃綠綠的郊野，到了人類聚集的都市，停在一座三層樓的屋簷上。

都市的街道上擠著大群的人，只看見頭髮蓬鬆的腦袋匯合成一片慢慢前進的波浪，也數不清人數有多少。走幾步，這些人就舉起空空的兩隻手，大聲喊：「我們有手，我們要工作！」一會兒又拍著癟癟的肚皮，大聲喊：「我們有肚子，我們要吃飯！」全體的喊聲融合成一個聲音，非常響亮。

聽了一會兒，松鼠回頭跟麻雀說：「這兩句『人言人語』並不錯呀。有手就得工作，有肚子就得吃飯，這不是頂簡單頂明白的道理嗎？」

麻雀點點頭，正要說話，忽然看見下邊街道上起了騷動。幾十個穿一樣衣服的人從前邊跑來，手裡拿著白色短木棍，腰裡別著黑亮的槍，到大群人的跟前就散開，舉起短木棍亂搖亂打，想把大群人趕散。可是那大群人並沒散開，反倒擠得更緊了，腦袋匯合成的波浪晃蕩了幾下，照樣慢慢地前進。

「我們有手，我們要工作！」

「我們有肚子，我們要吃飯！」

手拿短木棍的人們生氣了，大聲叫：「不許喊！你們是什麼東西，敢亂喊！再像狗一樣亂汪汪，烏鴉一樣亂刮噪，我們就不客氣了！」

麻雀用翅膀推松鼠一下，說：「你聽，你剛才認為並不錯的兩句『人言人語』，那些拿短木棍的人卻認為『鳥言獸語』，不准他們說。我想這未必單由於糊塗和驕傲，大概還有別的道理。」

松鼠連聲說：「一定還有別的道理，一定還有別的道理，只是咱們一時還鬧不清楚。不過有一樁，我已經明白了：人類把自己不愛聽的話都認為『鳥言獸語』，狗汪汪啦，烏鴉刮噪啦，此外大概還有種種的說法。」

麻雀說：「他們的小學教科書排斥『鳥言獸語』，一想來就為的這一點。」

松鼠和麻雀談談說說，下邊街道上的大群人漸漸走遠了。遠遠地看著，短木棍還是迎著他們的面亂搖亂打，可是他們照樣擠在一塊兒，連續不斷地發出喊聲。又過了一會兒，他們拐到左邊街上去，人看不見了，喊聲也不像剛才那麼震耳了。松鼠拍拍麻雀的後背，說：「咱們換個地方看看吧。」

「好，」麻雀不等松鼠說完，張開翅膀就飛。松鼠緊緊跟著麻雀的後影，在接接連連的屋頂上跑，也很方便。

大約趕了半天路程，它們到了個地方。一個大廣場上排著無數軍隊，有步隊，有馬隊，有炮隊，有飛機，有坦克，隊伍整齊得很，由遠處看，像是很多大方塊兒，剛用一把大刀切過似的。這些隊伍都面對著一座銅像。那銅像鑄的是一個騎馬的人，頭戴軍盔，兩撇鬍子往上撅著，真是一副不可一世的氣概。

麻雀說：「這裡是什麼玩意兒？咱們看看吧。」它說著，就落在那銅像的軍盔上。松鼠一縱，也跳上去，藏在右邊那撇鬍子上，它還順著鬍子的方向把尾巴撅起來。這麼一來，從下邊往上看，就只覺那銅像在刮鬍子的時候少刮了一刀。

忽然軍鼓打起來了，軍號吹起來了，所有的軍士都舉手行禮。一個人走上銅像下邊的臺階，高高的顴骨，犀牛嘴，兩顆突出的圓滾滾的眼珠。他走到銅像跟前站住，轉過來，臉對著所有的軍士，就開始演說。個個聲音都像從肚腸裡迸出來的，消散在空中，像一個個炸開的爆竹。

「咱們的敵人是世界上最野蠻的民族，咱們要用咱們的文明去制服他們！用咱們的快槍，用咱們的重炮，用咱們的飛機，用咱們的坦克，叫他們服服貼貼地跪在咱們腳底下！他們也敢說什麼抵抗，說什麼保護自己的國土，真是豬的亂哼哼，鴨子的亂叫喚！今天你們出發，要拿出你們文明人的力量來，教那批野蠻人再也不敢亂哼哼，再也不敢亂叫喚！」

「又是把自己不愛聽的話認為『鳥言獸語』了。」松鼠抬起頭小聲說。

麻雀說：「用快槍重炮這些東西，自然是去殺人毀東西，怎麼倒說是文明人呢？」

「大約在這位演說家的『人言人語』裡頭，『文明』『野蠻』這些字眼兒的意思跟咱們了解的不一樣。」

「照他的意思說，兇狠的獅子和蠻橫的鷹要算是最文明的了。可是咱們公認獅子和鷹是最野蠻的東西，因為它們太狠了，把咱們一口就吞下去。」

松鼠冷笑一聲說：「我如果是人類，一定要說這位演說家說的是『鳥言獸語』了。」

「你看！」麻雀叫松鼠注意，「他們出發了。咱們跟著他們去吧，看他們怎麼對付他們說的那些『野蠻人』。」

松鼠吱溜一下子從銅像上爬下來，趕緊跟著軍隊往前走。後來軍隊上了渡海的船，松鼠就躲在他們的輜重車裡。麻雀呢，有時落在船桅上，有時飛到輜重車旁邊吃點兒東西，跟松鼠談談，一同欣賞海天的景色，彼此都不寂寞。

幾天以後，軍隊上了岸，那就是「野蠻人」的地方了。麻雀和松鼠到四外看看，同樣的山野，同樣的城市，同樣的人民，看不出野蠻在哪裡。它們就離開軍隊，往前進行，不久就到了一個大廣場。場上也排著軍隊。看軍士手裡，有的拿著一枝長矛，有的抱著一杆破後膛槍，大炮一尊也沒有，飛機坦克更不用說了。

「麻雀哥，我明白了。」

「你明白什麼了？」

松鼠用它的尖嘴指著那些軍隊說：「像這批人沒有快槍、大炮、飛機、坦克等等東西，就叫『野蠻』。有這些東西的，像帶咱們來的那批人，就叫『文明』。」

麻雀正想說什麼，看見一個人走到軍隊前邊來，黑黑的絡腮鬍子，高高的個子，兩隻眼睛射出憤怒的光。他提高嗓子，對軍隊作下面的演說：

「現在敵人的軍隊到咱們的土地上來了！他們要殺咱們，搶咱們，簡直比強盜還不如！咱們只有一條路，就是給他們一個強烈的抵抗！

「給他們一個強烈的抵抗！」軍士齊聲呼喊，手裡的長矛和破後膛槍都舉起來，在空中擺動。

「哪怕只剩最後一滴血，咱們還是要抵抗，不抵抗就得等著死！」

麻雀聽了很感動，眼睛裡淚汪汪的。它說：「我如果是人類，憑良心說，這裡的人說的才是『人言人語』呢。」

但是松鼠又冷笑了：「你不記得前回那位演說家的話嗎？照他說，這裡的人說的全是豬的亂哼哼，鴨子的亂叫喚呢。」

麻雀沉思了一會兒，說：「我現在才相信『人言人語』並不完全下賤，沒有價值。我當初以為『人言人語』總不如咱們的『鳥言獸語』，你說我武斷，的確不錯，這是武斷。」

「我看人類可以分成兩批，一批人說的有道理，另一批人說的完全沒道理。他們雖然都自以為『人言人語』，實在不能一概而論。咱們的『鳥畜獸語』可不同，咱們大家按道理說話，一是一，二是二，一點兒沒有錯兒。『人言人語』跟『鳥言獸語』的差別就在這個地方。」

嗡——嗡——嗡——

天空有鷹一樣的一個黑影飛來。場上的軍士立刻散開，分成許多小隊，往四外的樹林裡躲。

那黑影越近越大，原來是一架飛機，在空中繞了幾個圈子，就扔下一顆銀灰色的東西來。

轟！隨著這驚天動地的聲音，樹幹、人體、泥土一齊飛起來，像平地起了個大旋風。

麻雀嚇得氣都喘不過來，張開翅膀拼命地飛，直飛到海邊才停住。用鼻子聞聞，空氣裡好像還有火藥的氣味。

松鼠比較鎮靜一點兒。它從血肉模糊的許多屍體上跑過，一路上遇見許多逃難的人民，牽著牛羊，抱著孩子，挑著零星的日用東西，只是尋不著它的朋友。它心裡想：「怕麻雀哥也成為血肉模糊的屍體了！」

一九三六年一月十日發表

火車頭的經歷

我出身英國的機器廠，到中國來給中國人服務。我肚子大，工人不斷地鏟起又黑又亮的煤塊給我吃，我就吃，吃，吃，永遠也吃不夠。煤塊在肚子裡漸漸消化，就有一股力量散布到我的全身，我只想往前跑，往前跑，一氣跑上幾千幾萬里才覺得暢快。我有八個大輪子，這就是我的腳，又強健，又迅速，什麼動物的腳都比不上。我的大輪子只要轉這麼幾轉，就是世界上最快的馬也要落在背後。我有一隻大眼睛，到晚上，哪怕星星月亮都沒有，也能夠看清楚前邊的道路。我的嗓子尤其好，只要嗚——嗚——喊幾聲，道旁邊的大樹就震動得直搖晃，連頭上的雲都會像水波一樣蕩漾起來。

我的名字叫機關車。但是不知道為什麼，人都不喜歡叫我這個名字，也許是嫌太文雅太不親熱吧。他們願意像叫他們的小弟弟小妹妹那樣，叫我的小名——火車頭。

我到中國來了幾年，一直在京滬路上來回跑：從南京到上海，又從上海到南京。這條路上的一切景物，我閉著眼睛都說得出來。寶蓋山的山洞，幾個城市的各式各樣的塔，產螃蟹著名的陽澄湖，矗起許多煙囪的無錫，那些自然不用說了。甚至什麼地方有一叢竹子，竹子背後的草屋裡住著怎樣的一對種田的老夫妻，什麼地方有一座小石橋，石橋旁邊有哪幾條漁船常來撒網打魚，我也能報告得一點兒沒有錯兒。我走得太熟了，你想，每天要來回一趟呢。

我很喜歡給人服務。我有的是力量，跑得快，要是把力量藏起來不用，死氣沉沉地站在一個地方不動，豈不要悶得慌？何況我給服務的那些人又都很可愛呢。他們有上學去的學生，帶了糧食菜蔬去銷售的農人，還有提著一籃子禮物去看望女兒的老婆婆，捧著一本《旅行指南》去尋訪名勝的遊歷家。他們各有正當的事情，都熱烈地歡迎我，我給他們幫點兒忙正是應該。

但是我也有不高興的時候。不知道什麼人發了一道命令，說要我把他單獨帶著跑一趟。這時候，學生、農人、老婆婆、遊歷家都不來了，我只能給他一個人服務。給一個人服務，這不是奴隸的生活嗎？那個人來了，有好些人護衛著他，都穿著軍服，腰上圍著子彈帶，手裡提著手槍。他們這些人自己也並不想到什麼地方去，也只是給一個人服務。他們過的正是奴隸生活。這且不去管他。後來打聽這「一個人」匆匆忙忙趕這一趟是去幹什麼，那真要把人氣死，原來他是去訪問一個才分別了三天的朋友，嘻嘻哈哈談了一陣閒天，順便洗了一個舒服的澡，然後去找一個漂亮的女子，一同上跳舞場去！我為什麼要做這樣的人的奴隸呢？以後再遇到這樣的差遣，我一定回他個不侍候。可恨我的機關握在別人手裡，機關一開，我雖然不願意跑，也沒法子。「毀了自己，也毀了那可惡的人吧！」我這樣想，再也沒有心思看一路的景物。同時我的喊聲也滿含著憤怒，像動物園裡獅子的吼叫一樣。

昨天早上，我在車站上站著，肚子裡裝了很多煤塊，一股力量直散布到八個大輪子，準備開始跑。忽然一大群學生擁到車站上來了，人數大約有兩三千。他們有男的，有女的，都穿著制服。年紀也不一律，大的好像是已經三十左右，小的只有十三四歲。他們的神氣有點兒像——像什麼呢？我想起來了，像那年「一二八」戰爭時候那些士兵的派頭，又勇敢，又沉著，就是一座山在前面崩了，也不會眨一眨眼睛。聽他們說話，知道是為國家的急難，要我帶他們去向一些人陳述意見。

這是理當效勞的呀，我想。為國家的急難，陳述各自的意見，這比上學、銷售農產品更加正當，更加緊要，我怎麼能不給他們幫點兒忙呢？「來吧，我帶你們去，我要比平常跑得更快，讓你們早一點兒到達目的地！」我這樣想，不由得嗚——嗚——地喊了幾聲。

這群學生大概領會了我的意思，高高興興地跳上掛在我背後的那些客車。客車立刻塞滿了，後上去的就只得擠在門口，一隻腳踩著踏板，一隻手拉住欄杆，像什麼東西一樣掛在那裡。他們說：「我們並不是去旅行，辛苦一點兒沒關係，只要把我們送到就成了。」

但是大隊的員警隨著趕到了。他們分散在各輛客車旁邊，招呼普通的乘客趕快下車，說這趟車不開了。我不知道是什麼意思。我正準備著一股新鮮的力量，想給這列車的乘客服務，怎麼說這趟車不開了呢！我看那些乘客提著箱子，挾著包裹，非常懊喪的樣子，從客車上走下來，我心裡真個像欠了他們的債那樣抱歉。「我每天都情情願願給你們服務的，可是今天對不起你們了！」

普通乘客走完以後，員警又叫那批學生下車，還是說這趟車不開了。我想，學生因為有非常正當非常緊要的事兒，才來坐這趟車的，他們未必肯像普通乘客那樣，就帶著懊喪的心情回去吧？

果然，學生喊起來了：「我們不下車！不到目的地，我們決不下車！」一聲音像潮水一般湧起來。

嗚——，我接應他們一聲，意思是「我有充足的力量，我願意把你們送到目的地！」

事兒弄僵了。員警雖說是大隊，可是沒法把兩三千學生拉下車來，只好包圍著車站，仿佛就要有戰事發生似的。這是車站上不常有的景象：一批乘客趕回去了，另一批乘客在車上等，可是車不開。員警如臨大敵，個個露著鐵青的臉色，像木樁一樣栽在那裡。我來了這幾年，還是頭一回看見這景象呢。鐵柵欄外邊擠滿了人，叫印度巡捕趕散了，可是不大一會兒，人又擠滿了，都目不轉睛地往裡看。

後來陸陸續續來了好些人，洋服的，藍袍青褂的，花白鬍子的老頭子，戴著金絲眼鏡臉上好像擦了半瓶雪花膏的青年。他們都露出一副尷尬的臉色，跑到客車裡去跟學生談話。我不知道他們談的是什麼，揣想起來，大概跟員警的話一樣，無非「車是不開了，你們回去吧」這一套。不然，他們為什麼露出一副尷尬的臉色呢？

學生的回答我卻句句聽得清楚，「我們不下車！不到目的地，我們決不下車！」聲音照舊像潮水一般湧起來。

嗚——，每次聽到他們喊，我就接應他們一聲，意思是「我同情你們，我願意給你們服務，把你們送到目的地！」

時間過去很多了，要是叫我跑，已經在一千里以外了，但是僵局還沒打開。尷尬臉色的人還是陸陸續續地來，上了車，跟學生談一會兒，下來，臉色顯得更尷尬了。風在空中奔馳，呼號，像要跟我比比氣勢的樣子。我哪裡怕什麼風！只要機關一開，讓我出發，一會兒風就得認輸。那群學生也不怕什麼風，他們靠著車窗眺望，眼睛裡像噴出火星。也有些人下了車，在車輛旁邊走動，個個雄赳赳的，好像前線上的戰士。那群學生都很堅忍，餓了，就啃自己帶來的乾糧，渴了，就拿童子軍用的那種鍋煮起水來。車一輩子不開，他們就等一輩子。我看出他們個個有這麼一顆堅韌的心。外邊圍著的員警站得太久了，鐵青的臉變成蒼白，有幾個打著呵欠，有幾個嘰咕著什麼，大概很久沒有煙捲抽，腿有點兒酸麻了。

我看著這情形真有點兒生氣。力量是我的，我願意帶著他們去，一點兒也用不著你們，為什麼硬要阻止他們去呢！並且我是勞動慣了的，跑兩趟，出幾身汗，那才全身暢快。像這樣站在一個地方不動，連續到十幾點鐘，不是成了一條懶蟲了嗎？我不願意這樣，我悶得要命。

我不管旁的，我要出發了！嗚——只要我的輪子一轉，千軍萬馬也擋不住，更不用說那些臉色尷尬的人和無精打采的員警了。我要出發了！嗚——嗚——。可是輪子沒有轉。我才感到我的身上有個頂大的缺陷：機關握在別人手裡！要是我能夠自主，要走就走，要不走就不走，那就早把這群學生送到目的地了，那一回也決不會帶著「一個人」去洗澡，去找漂亮女子了。誰來把我的機關轉動一下吧！誰來把我的機關轉動一下吧！嗚——嗚——。

我的喊聲似乎讓機關手聽清楚了，他忽然走過來，用他那熟練的手勢把我的機關轉動了一下。啊，這才好了，我能夠向前跑了，我能夠給學生幫忙了！嗚——，我一口氣直衝出去，像飛一樣地跑起來。

「我們到底成功了！」學生的喊聲像潮水一樣湧起來。

狂風還在呼號，可是叫學生的喊聲給淹沒了。

這時候，雪花飄飄揚揚地飛下來，像拆散了無數野鴨絨的枕頭。我是向來不怕冷的，我有個火熱的身體，就是冰塊掉在上邊，也要立刻化成水，何況野鴨絨似的雪花呢。學生也不怕冷，他們從車窗伸出手去，在昏暗的空中捉住些野鴨絨似的雪花，就一齊唱起〈雪中行軍〉的歌來。

鐵軌從我的輪子底下滑過，田野、河流、村落、樹木在昏暗中旋轉。風捲著雪花像揚起滿空的灰塵。我急速地跑，跑，用了我的強大的力量，帶著這群激昂慷慨的學生，還有他們的熱烈的無畏的心，前進，前進……

突然間，機關手把我的機關往另一邊轉動了一下，溜了。我像被什麼力量拉住，往後縮，縮，漸漸就站住了。為什麼呢？嗤——，我懊喪地嘆了一口氣。我往前看，看見一條寬闊的河流橫在前邊。河水流著，像唱著沉悶的歌。哦，原來到這裡了，我想。春天秋天的好日子，我常常帶著一批旅客來到這裡，他們就在河面上划小船比賽，唱歌作樂。但是，現在這群學生並不是這樣的旅客，他們個個想著國家的急難，絕對沒有作樂的閒心情，為什麼要停在這裡呢？

學生都詫異起來。「怎麼停了？開呀！開呀！要一直開到我們的目的地！」—聲音像潮水一樣湧起來，似乎都在埋怨我。

「親愛的學生，我是恨不得立刻把你們送到目的地，可是機關叫人給關住了。你們趕快把機關手找來，叫他再轉動一下。我一定盡我的力量跑，比先前還要快。」我這樣想，嗤——，又懊喪地嘆了一口氣。

十幾個學生跑到我的身邊，考查為什麼忽然停了。他們發現我的身邊沒有機關手，才明白了，立刻就回去報告給大家。

「把機關手找出來！把機關手找出來！在這荒涼的野外，他逃不到哪裡去！」許多學生這樣說，同時就在我背後的各輛車裡開始找。椅子底下，廁所裡，行李間裡，車僮收藏販賣品的箱子裡，他們都找過了，沒找著。繼續找，最後把他找出來了，原來躲在廚房間的一個小櫃子裡，縮做一團，用一塊飯巾蒙著頭。學生把他擁到我的身邊，吩咐他立刻開車。

這時候，我那老朋友的臉色窘極了，眉頭皺著，半閉著眼，活像剛被人捉住的小偷。我從來沒見他這樣過。他平日老是嘻嘻哈哈的，一邊開車，一邊唱些山歌，現在卻像另一個人了。更可怪的是他站在我火熱的身體旁邊，還是瑟瑟地抖著，像冰雪天在馬路上追著人跑的叫化子一模一樣。

「對不起，先生們，我再不能開車了！」大約過了一分鐘光景，他才低低地這樣回答。

「為什麼不能開？」

「我奉有上頭的命令。」

「那你先前為什麼開呢？」

「也奉的上頭的命令。上頭的命令叫我開到這裡為止，我就只能開到這裡。」

「好，原來是這樣！可是，現在，不管命令不命令，你給我們開就是了！」

學生推的推，拉的拉，有的還把他的手拉過來放到我的機關上。他一個人哪裡扭得過許多人，兩隻手只好哆裡哆嗦地按著我的機關，好像碰著一條毒蛇似的。

我想：「好了。老朋友，趕快把我的機關轉動一下吧！只要一轉動，我就能夠拼命前進，這群學生就要感激你不盡了。」

但是我那老朋友的兩隻手仿佛僵了，放在我的機關上，就是不能動。大家看著他，忽然兩行眼淚從他的眼眶裡流下來。他淒慘地說：「我要是再往前開，非被槍斃不可。先生們，我還得養我的家呢！」

啊！太狠毒了！太殘酷了！

忽然有幾個高個子的學生慷慨地說：「放他走吧！連累他被槍斃，連累他一家人不能活命，這樣的事咱們不能幹！我們這幾個人學的是機械科，練習過開動機關，讓我們試試。」

「好極了！我們到底又成功了！」高興的喊聲像潮水一樣湧起來。

幾個高個子的學生開始轉動我的機關。這時候，我那老朋友像老鼠一樣，一轉身，就不知道到什麼地方去了。

鐵軌從我的輪子底下滑過，田野、河流、村落、樹林在昏暗中旋轉。風捲著雪花像揚起滿空的灰塵。我急速地跑，跑，用了我的強大的力量，帶著這群激昂慷慨的學生，還有他們的熱烈的無畏的心，前進，前進……

啊，不好了！我望見前邊的鐵軌給拆去一大段，再過半分鐘跑到那裡，不堪設想的禍事就要發生了。我沒什麼要緊，犧牲了就犧牲了吧，可是這群學生怎麼辦呢！他們的身體會變成泥土，氣概呢，自然也就隨著沒有了！我怎麼能忍心看這樣的慘劇！嗚——嗚——我怕極了，連聲叫喊，可是我自己怎麼也停不住。

我正急得要命，一個又高又壯的學生「啊！」的喊了一聲，就用極強大的力量很敏捷地把我的機關轉過去，我才得很快地收住腳，等到站穩，離拆去鐵軌的地方只有幾尺光景了。我雖然放了心，還不免連連地喘氣。

許多學生知道幾乎出了險，都下車去看。風雪像尖刀一樣刺他們，廣大的黑暗密密地圍住他們，他們一點兒也不放在心上。他們靠著我的眼睛射出去的光，看清楚拆下去的鐵軌並沒有放在路線旁邊。藏到哪裡去了呢？

「把鐵軌找出來，像剛才找那機關手一個樣！」不知道是誰這樣喊了一聲，許多學生就散開，到路線的兩邊，像派出去偵察的士兵似的，一會兒彎下身子，一會兒往前快跑，一雙雙發亮的眼睛滴溜溜地亂轉。但是白費力，找了半點鐘光景還是沒找著。

「在這兒哪！」一聲興奮的喊叫從一條小河旁邊傳過來。緊接著，許多學生一齊跑到那裡去。河面結了冰，幾條烏黑的橫頭像「工」字的東西從底下伸出來，這不是鐵軌嗎？

「只要有，咱們就有辦法！」

「學鐵道科的同學們，來呀！來實習，鋪鐵軌。」

「咱們先把鐵軌拉出來！」

「好，把鐵軌拉出來！」大家轟地接應一聲。

河面的冰打碎了，大部分沉到水底的幾條鐵軌陸陸續續拉上來。泥漿的寒氣穿透鞋襪，直刺到皮膚裡的骨頭，可是那些學生彷彿沒這回事似的。

是誰障礙了我們的進路，障礙重重！
是誰障礙了我們的進路，障礙重重！
大家莫嘆行路難，嘆息無用！無用！
我們，我們要，要引發地下埋藏的炸藥。
對準了它轟！
轟！轟！轟！
看嶺塌山崩，天翻地動！
炸倒了山峰，
大路好開工！
挺起了心胸，
團結不要鬆！
我們，我們是開路的先鋒！

我們，我們是開路的先鋒！

轟！轟！轟！

哈哈哈哈！轟！

學生把鐵軌從小河旁邊抬到路線上，一路唱著〈開路先鋒〉的歌。陣陣的雪花削他們的臉，像鋼鐵的刀片，陣陣的冷風刺他們的身體，像千條萬條箭，可是他們仿佛沒這回事似的。

鐵軌鋪到枕木上以後，才發現道釘也沒有了。鐵道科的學生喘吁吁地說：「還得找道釘！」

「道釘大概也在小河裡，咱們下河去摸！」

學生一個跟著一個跳下去，彎下身子，在河底上摸索。過了很大工夫，一個人報告說：「摸著一個！」又過了很大工夫，另一個人報告說：「我也摸著一個！」每聽到一回報告，大家就報答他一聲興奮的歡呼。

我向來是心腸硬的，不懂得什麼叫流淚，可是這群「雪夜的漁夫」太教我感動了，我的眼不由得充滿淚水，看東西覺得迷迷糊糊的。

道釘找齊了，鐵道科的學生鋪完鐵軌，我又帶著所有的學生往前跑。這回幾個執掌機關的學生不放我跑得太快，他們靠著我的眼睛射出去的光，老是往前邊眺望，防備再有什麼危險發生。他們的精細真值得稱讚，走不到半點鐘，果然發現又有一段路給拆去了鐵軌。

我停住，學生又下車去找鐵軌，沒有。他們商量一會兒，決定拆後邊的鐵軌去修前邊的路。

一群臨時路工立刻工作起來。有的拆，有的抬，有的鋪，有的釘，鋼鐵敲擊的聲音和「杭育杭育」的呼喚合成一片。一會兒又唱起〈開路先鋒〉的歌來：

炸倒了山峰，
大路好開工！
挺起了心胸，
團結不要鬆！
我們，我們是開路的先鋒！
我們，我們是開路的先鋒！

轟！轟！轟！

哈哈哈哈！轟！

天漸漸亮了。雪也停了。在淡青色的晨光裡，在耀眼的銀世界上，這批臨時路工呵欠也不打一個，興奮地堅強地工作著。我看著他們，不禁想對他們說：

「你們能夠修路，一切障礙就等於一張枯葉。你們的目的地，我擔保能夠到達，哪怕在天涯海角。你們的目的地大概不止一處吧？隨便哪一處，我都願意給你們服務，把你們送去。你們的路修到哪裡，我就帶著你們往哪裡飛奔！」

一群臨時路工好像已經聽見我的話，用他們的歌聲給我回答：

我們，我們是開路的先鋒！

我們，我們是開路的先鋒！

轟！轟！轟！

哈哈哈哈！轟！

一九三六年二月二十五日發表

小人國和大人國

我是一個水手。

一天，海上起大風。我們的船撞在礁石上，撞得粉碎。我在海裡游了好久，到了岸上，累極了，躺下來就睡。

醒來的時候，我發覺身體被縛住了。有許多小東西在我的腿上臂膀上胸膛上亂跑。仔細一看，他們完全和人一個樣，手裡都拿著弓和箭。

他們放開嗓門喊，但是我不懂他們的意思。他們向我射箭，但是箭太細了，傷不了我。

我把縛住臂膀的細繩弄斷了，想解開別處的繩子。他們又向我射了一陣亂箭。我停了手，他們就不射了。

我餓了，好幾回把手指放到嘴上，讓他們知道我要吃東西。

許多小人爬上我的身體來了，都提著籃，籃裡盛著吃的東西。一塊肉跟一粒米一樣大，一條魚跟一支針一樣長。我一口就是一籃，味道倒是很好的。

我又讓他們知道我要喝水。

他們許多人抬著一桶酒，抬到我的嘴旁。我一口就喝光了，再向他們要第二桶酒。

吃飽了，喝足了，我又睡著了。他們把我放在車上，加幾條繩把我縛住，用一千五百匹馬，把我拉到城裡去。

我醒來的時候，他們給我吃，給我喝，教我學他們的話，只是不放我。

我教他們做各種遊戲，他們漸漸喜歡我了，後來才放了我。

他們看我像一座高山，管我叫做「人山」。

一天，他們叫我分開兩條腿，站在路上。他們幾千個兵，一隊一隊從下面走過。我望下去，好像老鼠出兵，有趣極了。

我從小人國回來，仍舊當水手。

一天又碰上大風，把我們的船吹近陸地。我們上了岸，那地方只有一些石頭。

我向前走，想看看有沒有別的東西。忽然我的同伴都拼命地跑，逃上了小艇，又拼命地划，逃上了大船。

我不明白他們為什麼逃。回頭一看，啊，一個大人正在追他們呢。那個大人在海裡走，海水只齊他的膝蓋，你想，他跨一步有多大。讓他追到了，我們的船不要被他捏碎嗎？

我不敢再看，轉身就跑，跑進麥地裡。一棵麥有一棵大樹那樣高，我躲在裡邊，用不著彎下腰來。

忽然聽得很響的聲音，我想是打雷了。後來望見走過來七個大人，他們在說話，才知道不是打雷。他們都拿著鐮刀，是來割麥的。我非常害怕，要是被他們發現了，那怎麼辦呢？

一個大人的腳踏過來了，鐮刀在我的頭頂上閃過。我想，我再不開口，不被他踏得稀爛，也會被他割成兩截了。我拼命地喊。

大人聽見了，彎下腰，把我拾了起來，他的手指比我的大腿還粗。

他看了我一眼，把我放進他的衣袋，帶回家去。

大人國裡的人都來看我，有的戴起眼鏡，仔細相我的臉。有的拍手大笑，險些兒把我的耳朵震聾。有的把我撿起來，顛來倒去地玩弄，我成了他們的玩具了。

他們給我一個火柴匣，當我的床。我睡在火柴匣裡，並不覺得窄。

半夜裡，一隻老鼠來了，比我大一倍。它要咬我，我一刀把它的胸膛刺穿了。

第二天，飛來一個蒼蠅，比我的腦袋還大。我嫌它髒，也把它刺死了。

後來，一隻鳥兒把我銜起來，飛過了大海。我朝下望，下面正好是我的家鄉。我身子一挺，就落在沙灘上。

一九三二年六月發表

這話不錯

一個老人和他的兒子一同到市上，買了一頭毛驢，牽著回家。

一個跛子看見了，忍不住說：「有了毛驢不騎，要毛驢幹什麼呢！」

老人想這話不錯，毛驢本來應該騎的，就教兒子騎著毛驢，自己跟在後邊走。

走了一會兒，一個拄著拐杖的老人看見了他們，忍不住說：「年輕的騎著毛驢，年老的倒跟在後邊走，太不像話了！」

老人想這話也不錯，年紀大了該享點兒福，就教兒子下來走，自己騎上了這頭毛驢。

又走了一會兒，一個抱著孩子的婦人看見了他們，忍不住說：「做父親的自己舒舒服服地騎著毛驢，倒教兒子跌跌撞撞跟在後邊走，心裡怎麼過得去！」

老人想這話也不錯，父親應該愛惜兒子，就教兒子和自己一同騎著毛驢走。

又走了一會兒，一個老太太看見了他們，忍不住說：「小小的一頭毛驢，哪兒能經得住兩個人壓呢？」

老人想這話也不錯，可是左也不是，右也不是，怎麼辦才好呢？他和兒子下了毛驢，買了一根棒一條繩，兩個人抬著毛驢走。

毛驢倒掛在棒上，難受極了，拼命掙扎。走到橋上，毛驢掙扎得越厲害，兩個人抬不穩，一同跌到河裡去了。

一九三二年六月發表

牛郎織女

古時候有個孩子，爹媽都死了，跟著哥哥嫂子過日子。哥哥嫂子待他很不好，叫他吃剩飯，穿破衣裳，夜裡在牛棚裡睡，牛棚裡沒床鋪，他就睡在乾草上。他天天放牛，那條牛跟他很親密，用溫和的眼睛看著他，有時候還拿腮幫挨著他的小腮幫，怪有意思的。哥哥嫂子見著他總是帶理不理的，仿佛他一在眼前，就滿身不高興。兩下一比較，他也樂得跟牛一塊兒出去，一塊兒睡。

他沒名字，人家見他放牛，就叫他牛郎。

牛郎照看那條牛挺周到。一來是牛跟他親密，二來呢，他想，牛那麼勤勤懇懇地幹活，不好好照看它，怎麼對得起它呢？他老是挑很好的草地，讓牛吃又肥又嫩的青草，家裡吃的乾草，篩得一點兒土也沒有。牛渴了，他就牽著它到溪流的上游，讓它喝乾淨的溪水。夏天天氣熱，就在樹林裡休息，冬天天氣冷，就在山坡上晒太陽。他把牛身上刷得乾乾淨淨，不讓有一點兒草葉土粒。到夏天，一把蒲扇不離手，把嗡嗡亂轉的牛虻都趕跑了。牛棚也打掃得乾乾淨淨，在乾乾淨淨的地方住，牛也舒服，自己也舒服。

牛郎隨口哼幾支小曲兒，沒人聽他的，可是牛搖搖耳朵閉閉眼，好像聽得挺有味兒。牛郎心裡想什麼，嘴就說出來，沒人聽他的，可是牛咧開嘴，笑嘻嘻的，好像明白他的意思。他常常把看見的聽見的告訴牛，有時候跟它商量一些事兒。牛好像全了解，雖然沒說話，可是眉開眼笑的，他也就滿意了。自然，有時候他還覺得美中不足，要是牛能說話，把了解的和想說的都一五一十說出來，那該多好呢。

一年一年過去，牛郎漸漸長大了。哥哥嫂子叫他幹更多活，挑水，推磨，費力的活都歸他。待他可並不比先前好，吃的還是剩飯，穿的還是破衣裳，睡的地方還是沒牆沒壁的牛棚。這還不算，還把他看成眼中釘，想盡方法要拔了這根眼中釘。

什麼原故呢？

父親留下的家產本該哥兒倆平分的，可是哥哥嫂子想獨佔。現在牛郎長大了，要是他提出分家，怎麼辦？牛郎從小在自己手心裡，乾脆說不分給他，想他也不敢說什麼，可是左右鄰居不免說閒話，獨吞家產的惡名聲傳出去，怎麼辦？想來想去，只恨爹媽多生了個牛郎。牛郎就成了哥哥嫂子的眼中釘。

一天，哥哥把牛郎叫到跟前，裝做很親熱的樣子說：「你如今長大了，也該成家立業了。老人家留下一點兒家產，咱們分了吧。一條牛，一輛車，都歸你，別的歸我。」

嫂子在旁邊，三分像笑七分像發狠，說：「我們挑頂有用的東西給你，你知道嗎？你要知道好歹，趕緊離開這兒，去成家立業。天還早，能走就走吧。」

牛郎聽哥哥嫂子這麼說，想了想，說：「好，我這就走！」他想哥哥嫂子既然扔開他像潑出去的水，他又何必戀戀不捨呢。那輛車不希罕，幸虧那條老牛歸了他，親密的伴兒還在一塊兒，離開家不離開家有什麼關係。

他就牽著老牛，拉著破車，頭也不回，一直往前走，走出村子，走過樹林，走到山峰重疊的地方。以後，他白天上山打柴，柴裝滿一車，就讓老牛拉著，到市上去換糧食。到夜晚，就讓老牛在車旁邊休息，自己睡在車上。過些日子，他在山前邊蓋一間茅屋。又在屋旁邊開一塊地，種些莊稼。這就算安了個家。

一天晚上，他走進茅屋，忽然聽見一聲：「牛郎！」自從離開村子，他還沒聽見過這個聲音。是誰叫他呢？回頭一看，微弱的星光下邊，原來是老牛，嘴一開一合的，正在說話。
老牛真會說話了。
牛郎並沒很覺得奇怪，像是聽慣了它說話似的，就轉過身子去聽。
老牛說的是下邊的話：「明天黃昏時候，你得翻過右邊那座山。山那邊一座樹林，樹林前邊一個湖，那時候有些仙女正在湖裡洗澡。她們的衣裳放在草地上。你要撿起那件粉紅色的紗衣，跑到樹林裡等著，去跟你要衣裳的那個仙女就是你的妻子。好機會不可錯過，切記，切記！」
「知道了。」牛郎高興地回答。
第二天黃昏時候，牛郎翻過右邊的那座山，穿過樹林，走到湖邊。湖面映著晚霞的餘光，藍紫色的波紋晃晃蕩蕩。他聽見有女子的笑聲，順著聲音看，果然有好些個女子在湖裡洗澡。他沿著湖邊走，沒幾步，就看見草地上放著好些衣裳，花花綠綠的，件件那麼漂亮。他在裡頭找，果然有一件粉紅色的紗衣，他就拿起來，轉身走進樹林。
他靜靜地聽著，一會兒，就聽見女子們上岸的聲音，聽見一個說：「不早了，咱們趕緊回去吧！咱們偷偷地到人間來，要是老人家知道了，不知道要怎麼罰咱們呢！」過了一會兒，又聽見一個嬌媚的聲音說：「怎麼，你們都走啦？難得來一趟，自由自在地洗個澡，也不多玩一會兒。──哎呀！我的衣裳哪兒去了？誰瞧見我的衣裳啦？」

牛郎聽到這兒，從樹林裡走出來，雙手托著紗衣，說：「姑娘，別著急，你的衣裳在這兒。」

姑娘穿上衣裳，一邊梳她的長長的黑頭髮，一邊跟牛郎說話。牛郎把自己的情形談得很詳細，小時候怎麼樣，長大了怎麼樣，哥哥怎麼樣跟他分家，他怎麼樣安了個家，跟老牛一塊兒過日子，都一五一十地說了。姑娘聽他說，聽得出了神，又同情他，又愛惜他，就把自己的情形完全告訴他了。

原來她是天上王母娘娘的外孫女，織彩錦織得特別好，名字叫織女。天天早晨和傍晚，王母娘娘拿她織的彩錦裝飾天空，那就是燦爛的雲霞，什麼東西也不如它美麗。王母娘娘需要的彩錦多，就叫織女成天成夜地織，一會兒也不許休息。織女身子老在機房裡，手老在梭子上，勞累不用說，自由沒有了，等於關在監獄裡，實在難受。就說自己織的彩錦，掛在天空那麼樣好看，總該好好地欣賞欣賞吧，可是王母娘娘說織錦要緊，也不放她出去看一會兒。在雲霞滿天的時候，織女只能隔著小窗戶望一眼，小窗戶裡望見的能有多大呢？她常常想，人人說天上好，天上好，天上有什麼好呢？沒有自由，也看不見什麼。她總想離開天上，自由自在地到人間去玩兒，哪怕是一天半天呢，也可以見識見識人間的景物。她把這個想頭跟別的仙女說了。別的仙女也都說在王母娘娘跟前確實悶得慌，應該到人間去玩一會兒，只是要做得十二分祕密，要不，老人家知道了，可了不得。今天下午，王母娘娘喝千年釀的葡萄酒，酒味兒好，多喝了點兒，靠在寶座上直打瞌睡，看樣子不見得馬上就醒，仙女們見機會難得，就你拉我我拉你地溜出來，一齊飛到人間。她們飛到湖邊，看見湖水清得可愛，就跳下去洗澡。織女關在機房裡太久了，能夠在湖水裡無拘無束地游泳，心裡真痛快，就想多玩一會兒，沒想到就落在後邊。

牛郎聽完織女的話，就說：「姑娘，既然天上沒什麼好，你就不用回去了。你能幹活，我也能幹活，咱們兩個結了婚，一塊兒在人間過一輩子吧。」

織女想了想，說：「你說得很對，咱們結婚，一塊兒過日子吧。」

他們倆手拉著手，穿過樹林，翻過山頭，回到茅屋。牛郎把老牛指給織女看，說它就是從小到大相依為命的伴兒。織女拍拍老牛的脖子，用腮幫挨挨它的耳朵，算是跟它行見面禮。老牛也眉開眼笑地朝她看，仿佛說：「正是這個新娘子。」

從此牛郎在地裡耕種，織女在家裡紡織。有時候，織女也幫助牛郎幹些地裡的活。兩個人你勤我儉，不怕勞累，日子過得挺美滿。

轉眼間兩三個年頭過去，他們生了一個男孩，一個女孩。到孩子能說話的時候，晚上得空，織女就指著星星，給孩子講些天上的故事。天上雖然富麗堂皇，可是沒有自由，她不喜歡。她喜歡人間的生活。跟爸爸一塊兒幹活，她喜歡。逗著兄妹倆玩，她喜歡。看門前小溪的水活潑地流過去，她喜歡。聽曉風晚風輕輕地吹過樹林，她喜歡。兩個孩子聽她這麼說，就偎在她懷裡，叫一聲媽媽，回過頭來又叫一聲爸爸。她樂極了，可是有時候也發愁。愁什麼呢？她沒告訴牛郎。她是怕外祖母找她，知道她在這兒。

一天，牛郎去喂牛，那條衰老的牛又說話了，眼眶裡滿是眼淚。它說：「我不能幫你們下地幹活了！咱們分手了！我死以後，你可以把我的皮剝下來留著。碰見特別緊急的事，你就披上我的皮，這對你會有幫助。」老牛說完就死了。牛郎聽老牛的話，忍著悲痛剝下牛皮，藏起來。夫妻兩個痛哭了一場，把老牛的屍骨埋在屋後邊的山坡上。

再說天上，仙女們溜到人間洗澡的事到底讓王母娘娘知道了。王母娘娘罰她們，把她們關在黑屋子裡，要等她們不再有貪玩的心才能放出來。她尤其恨織女，竟敢留在人間不回來，簡直是有意敗壞她的門風，損害她的尊嚴。她發誓要把織女捉回來。哪怕藏在泰山底下的石縫裡，大海中心的珊瑚上，也總要抓住她，給她頂厲害的懲罰。

王母娘娘派了好些天兵天將到人間察訪，察訪了好久，才知道織女在牛郎家裡，跟牛郎做了夫妻。一天，她親自到牛郎家裡，可巧牛郎在地裡幹活，她就一把抓住織女往外走。織女的男孩見那老太婆面生，怒氣衝衝地拉著媽媽走，就跑過來拉住媽媽的衣裳。王母娘娘狠狠地一推，孩子跌倒了，她就帶著織女一齊飛起來。織女望著兩個可愛的兒女，眼淚汪汪的，心裡恨極了，有好些話說不出來，只喊了一句：「快去找爸爸！」

牛郎跟著男孩趕回家，只見梭子放在織了半截的彩錦上，灶上的飯正冒熱氣，女孩坐在門前哭。他決定上天去追，把織女救回來。可是怎麼能上天呢？他忽然想起老牛臨死說的話，這不正是特別緊急的事嗎？他趕緊披上牛皮，找兩個筐，一個筐裡放一個孩子，挑起來就往外跑。一出屋門，他就飛起來了，耳朵旁邊風呼呼地直響。飛了一會兒，望見妻子和老太婆了，他就喊「我來了」，兩個孩子也連聲叫媽媽。越來越近，看看要趕上了，王母娘娘拔下頭上的玉簪兒往背後一畫，糟了，牛郎的前邊忽然顯出一條天河。天河很寬，波浪很大，牛郎飛不過去了。

從此以後，牛郎在天河的這邊，織女在天河的那邊，只能遠遠地望著，不能住在一塊兒了。他們就是天河兩邊的牽牛星和織女星。

織女受了很厲害的懲罰，可是不肯死心，一定要跟牛郎一塊兒過日子。日久天長，王母娘娘也沒法拗她，就允許她每年七月七日跟牛郎會一次面。

每年七月七日，成群的喜鵲在天河上邊搭一座橋，讓牛郎織女在橋上會面。就因為這件事，所以人們說，每逢那一天，空中很少見喜鵲，它們都往天河那兒搭橋去了。還有人說，那一天夜裡，要是在葡萄架下邊靜靜地聽著，還可以聽見牛郎織女在橋上親親密密地說話呢。

一九五五年一月七日寫畢

孟姜女

古代秦始皇時候，有個女子叫孟姜女，嫁個丈夫叫萬喜良。兩個人感情非常好。可惜結婚才一個月，官府就徵萬喜良去當差，並且限期很緊，立刻就得動身。到哪兒去呢？北方荒涼地帶。去幹什麼呢？修築萬里長城。多長時候可以回來呢？誰也不知道。當時各縣各村都徵人，人數成千成萬，萬喜良是其中的一個。

這真是個晴天霹靂。沒出這件事的時候，一家人無憂無慮地過日子，公差一上門，馬上把家庭拆散了。公差凶極了，催被徵的人上路，像屠夫趕牛羊一樣。孟姜女又是怕，又是恨，心慌意亂，一時也不知道怎麼樣才好。她跟著公婆送丈夫到村裡，那裡擁擠著很多人，送人的，被送的，都含著眼淚。她恨時間太短，說不盡許多話，身體要保重啦，冷熱要留心啦，常常捎信回來啦，能回家的時候趕快回家啦……說了一遍又一遍。最後公差催著趕快走，送行的跟上路的這才分開，卻還是我追著望望你，你回頭看看我，直到彼此瞧不見影兒。

孟姜女跟著公婆過日子，體體貼貼地侍奉公婆，像丈夫在家時候一樣。公婆見孟姜女這樣，心裡也就安慰一些。

可是萬喜良一去就杳無消息。孟姜女時常到村口去看，希望過路的人給捎封信來。好容易遇見幾個從北邊來的人，問他們見著萬喜良沒有，他們都說不認識。孟姜女又時常抬頭望天空，希望鴻雁落下來，腳上帶著萬喜良的信。可是一群群的鴻雁飛過去，遠了，一隻也沒落下來。萬喜良在外頭怎麼樣了呢？累了怎麼休息？病了有誰照顧？是不是平平安安地在那裡？究竟什麼時候才能回來？孟姜女這樣想想，那樣想想，心裡越來越不安定。跟公婆說起，公婆也只說惦記得要命，對著臉唉聲嘆氣，誰也沒有好主意。

一晃幾年過去，又到了冬天。猛烈的西北風刮起來，吹到臉上像刀削似的。孟姜女想丈夫在北方，北方的風還要厲害得多。那裡不但風大，而且滿地冰雪。寒風和冰雪圍住丈夫，他帶的幾件衣服早該破爛不堪了，那怎麼受得了？他怎麼能得到新的寒衣呢？他沒法得到，除非自己給他做。他怎麼能穿上自己給他做的寒衣呢？他沒法穿上，除非自己給他送去。

孟姜女就動手做寒衣。剪刀忙忙地裁，針線密密地縫，只怕穿在身上不夠暖和，絮得特別厚。她一面做，一面祈禱北方的寒風吹得輕一些，天氣冷得差一些，不要跟丈夫為難。她一面做，一面默默地跟遙遠的丈夫說話，叫他忍耐幾天，自己正在為他做寒衣，做完就給他送去。

公婆也很惦記兒子，自然願意給兒子送去寒衣，只愁她不認得路，不知道兒子在什麼地方，送不到。

她回答公婆說，她不知道丈夫在什麼地方，可是知道那個地方總在世間，秦始皇能把丈夫派到那個地方，她就能找著那個地方。公婆聽她說得有理，等她完工，就叫她即日動身，快去快回來。

她背起包裹，包裹裡是親手給丈夫做的寒衣，辭別公婆，就起程了。一路上天亮就前進，天黑才停止，一直往北方走，她知道只要方向不錯，總能到達丈夫所在的地方。

有時候是漫山遍野的風，飛沙走石，天地昏黃，她幾乎站都站不住。可是她頂著風前進，心裡想，移動一步就靠近丈夫一步。

有時候是成朵成團的雪，滿地銀白，路滑難走，她幾乎步步要摔跤。可是她努力把腳步踩穩，心裡想，要把寒衣送給丈夫，決不能摔壞了身子。

有時候找不到投宿的人家，她就在破廟裡或是路旁的涼亭裡住下。夜間比白天更冷，她沒有鋪蓋，就抱著包裹取暖。想想結婚以後一個月的生活，想想秦始皇蠻不講理的可惡，想想丈夫出門以後幾年來的想念，想想一路上的艱難辛苦，想想找著丈夫那時候的歡樂，不免翻來覆去睡不著。有一晚，她又住在一個涼亭裡，正在左思右想睡不著，忽然瞧見地上一片白，好像鋪了一層濃霜，抬起頭來，天空掛著圓圓的月。她望了一會兒，隨口編成兩支小曲：

月兒圓圓分外明，
孟姜女丈夫築長城。
哪怕萬里迢迢路，
送與寒衣是儂情。

月兒圓圓亮光光，
孟姜女恨透了秦始皇。
要築長城你自己築，
為何累我喜良郎！

唱了幾遍，倒睡著了。夢見丈夫就在面前，他穿上新的寒衣，連聲說好，又說：「咱們回去吧，從今以後，咱們好好過日子，再不分開了。」她快活極了，站起來就走，卻摔了一個跤。

醒來一看，懷裡還抱著包裹，天上的月稍微偏西了些。

她一路上投宿的人家，有好多家情形跟她家相同。或者是個青年女子說丈夫築萬里長城去了，或者是一對老夫婦說兒子築萬里長城去了，全都跟萬喜良一樣，一去幾年，杳無消息。談起的時候也是嘆氣流淚，也恨透了秦始皇，說他無原無故築什麼萬里長城，害得人家骨肉分離。他們知道她去送寒衣，青年女子自愧不如她堅強勇敢，老夫婦可惜沒有像她那樣一個兒媳婦。他們都把家裡人的姓名告訴她，還詳細地描畫個兒怎麼樣，面容怎麼樣，拜託她牢牢記住，要是遇見的話，千萬給帶個口信，囑咐他早早回來。她自然滿口答應，說只要遇見，一定辦到。她又把兩支小曲兒唱給他們聽。他們都記住她的小曲兒，有時照她的調子唱幾遍，一面發抒想念的心情，一面為她祈禱，盼望她能夠很快找著丈夫。

她一直往北方走，道路越來越艱難了。可以說沒有什麼路，盡是崎嶇不平的山石，而且坡度很陡，山石上又蓋著挺厚的雪。她常常要兩隻手著地，在山石上爬。累得要命，呼呼地喘氣，心好像要爆炸似的，背上的包裹越來越重，仿彿裡面不是衣服，是石頭。這些她全不管，一心只想丈夫在前邊，自己給他送寒衣，哪怕千難萬難，非找著他讓他穿上不可。

一天，她望見遠遠的連綿不斷的積雪的山上，有一條曲折的黑線，心裡突然一動，莫非就是萬里長城嗎？要是這就是萬里長城，那麼丈夫就在眼前了。她一陣興奮，好像添了好些力氣，走得更快了——近了，近了，起初是黑線，變成黑帶子，隨後看得清城牆垛口了，向左右兩邊望望，只見那城牆沿著高高低低的山峰伸過去，望不到頭，最後她走到城牆底下，抬起頭來看，有二十來個人那麼高：這果然是萬里長城！

萬里長城那裡只聽見奔騰呼嘯的風，沒有旁的聲音。只看見幾隻蒼鷹在高空盤旋，沒有旁的生物。築城的人們在哪兒呢？丈夫在哪兒呢？孟姜女起初以為找著萬里長城就可以找著丈夫，現在知道這個想頭完全錯了，自己明明站在萬里長城底下，莫說丈夫，連一個人影兒也瞧不見！

她急著想找個人打聽一下，就回過頭來望。望了好一會兒，才看見山溝裡有一家人家。她三步並作兩步跑過去。開門的是個老太婆，滿臉皺紋，眼裡布滿了紅絲。

孟姜女把自己的事情跟老太婆說了。還沒說完，老太婆的眼淚就撲簌簌地掉下來，說：「你的丈夫就是萬喜良？萬喜良，我知道，他是我兒子的好朋友。當時千千萬萬人修這該死的萬里長城，他們倆常在一塊兒。」

孟姜女問：「如今萬里長城修好了，他到哪兒去了？」

老太婆哭出聲音來了，斷斷續續地說：「埋了……沒等到……萬里長城……修好……累死了……埋在……萬里長城……底下了……你丈夫……我兒子……還有……千千萬萬……累死的……全埋在……萬里長城……底下……」

自從萬喜良被徵出門，孟姜女雖然惦記他，卻一回也沒哭過，現在聽老太婆這麼說，禁不住放聲大哭。那哭聲淒慘哀傷，牽腸絞肚，簡直沒法形容。

她沒料到那一回送丈夫到村口就是最後的訣別，從此再見不著丈夫的面了。她沒料到自己辛辛苦苦做成寒衣，辛辛苦苦跑了那麼多路，竟落了個空，穿衣服的人已經埋在地下。她為這個痛哭，想一陣又哭一陣。

她想起在家裡在路上做的好些個夢，不是夫妻倆歡歡樂樂地一塊兒過日子，就是丈夫平平安安地回來，說從此再不分開了。她想起自己編的小曲兒，雖然不長，可是唱著心裡就痛快一些，別人也喜歡聽。如今好夢證明是虛的了，小曲兒只引起悲傷的回憶。她為這個痛哭，想一陣又哭一陣。

她想公婆在家裡是怎樣盼望，盼望兒子又盼望她。她想公婆囑咐快去快回來，自然最好是雙雙回家，否則也要帶回一個平安消息。如今他們的盼望成了一場空，他們的兒子早已埋在萬里長城底下。她為這個痛哭，想一陣又哭一陣。

她不相信死了埋了就不能見面，她要跟丈夫再見一面，哪怕死了埋了。她不相信萬里長城就能壓著她丈夫的身體，萬里長城原來是人修的，每一塊磚頭石頭全是人疊起來的。什麼時候萬里長城倒塌，丈夫的身體顯露，自己跟他再見一面呢？她為這個痛哭，想一陣又哭一陣。

她不住地哭，也不知道哭了多長時候，直哭得天愁地慘積雪變色。天空中風在奔騰了，響聲又大又急，好像海面上起了海嘯。黑雲盡在那裡堆積，壓得很低很低，幾乎要碰著那些垛口了。

忽然間天崩地塌似的一聲響，萬里長城倒了八百里！

這是一件不得了的事情，秦始皇即刻就派人查究。查明萬里長城是孟姜女給哭倒的，就把她抓住。秦始皇知道了，非常氣憤，決定重重治罪，辦她個車裂。可是又聽說她長得美麗，就變了主意，說只要答應做他的妃子，就可以免罪。

孟姜女聽人傳言，冷笑了幾聲，說做妃子也可以，不過先得把萬喜良他們的屍首撿出來，好好裝殮，由秦始皇親自祭奠。

秦始皇滿口答應，完全照辦。萬喜良他們的屍首從坍塌的城牆下撿出來了，還沒腐爛。孟姜女果然又看見她的丈夫了，撫摩著他哭了個痛快，然後給他穿上親手做的寒衣。裝殮的供應都不薄，萬喜良的屍首受到特別優待，外加錦繡的衾枕，盛在梓木棺材裡。太牢祭品陳設得齊齊整整，秦始皇穿著袞衣戴著冕，裝出一本正經的臉色朝棺材拜奠。

孟姜女見仇人在面前，狠狠地把他痛罵一頓，一轉身，頭重重地撞在山石上，就這樣結果了自己。

一九四四年一月十四日寫畢

阿秋的中秋夜

我們穿衣服，綢的比較布的好看得多。所以愛體面的父親們總歡喜穿綢的袍子，愛裝飾的姊姊們總歡喜穿綢的衣裙，就是我們小朋友，也歡喜有一身新的綢衣裳。

可是我們能夠明白綢是從哪裡來的嗎？

曾有一位不大聰明的小朋友回答說：「綢是從機上邊拿下來的。」再有一位小朋友也來回答這句問話，他說：「綢是從綢緞鋪子裡產生的。」大家笑得更厲害了，連嘴也合不攏來。

其實這並不是難懂的事。如其我們養過那柔白可愛的蠶兒，一定明白它怎樣地吐出絲來。如其我們看見繅絲的工作，一定明白顆顆的繭子怎樣繅成束束的絲，如其我們參觀過機織的事情，一定明白束束的絲怎樣搗成極軟極熟，怎樣地結成極長的絲條，以便梭織，怎樣地裝配上機，織成匹匹的綢。於是綢從哪裡來的這個問題就不難回答了。而且還有別的思念必將連帶想起，就是：由絲成綢不是容易的；其中間須經過許多人種種辛苦的工作，才能成這樣的光彩可愛的東西，使我們穿了覺得歡喜。

現在我要講一個故事，就是做這等辛苦工作裡面的一種的一個小女孩的故事。她做的工作叫做「調絲」。就是把絲理得清楚，遇到斷處，把它接起來，這樣梭織時就便當了。調好的絲繞在一個竹製的「軸頭」上。調絲的人的右手不停地抽著，軸頭一順旋轉，絲就很平勻地繞上去了。

這個小女孩叫阿秋，十歲年紀，她做這工作，是承受她母親的技能。調的絲是從機織的廠家去領來的。工資用束數來計算，她們母女兩個整天工作，至多不過得到三十枚銅元。

大約從七八歲的時候起，她就擔任了新的職務，取絲，送軸頭，都由她去了。每天天剛亮時，巢裡的小鳥正貼著它們的母親，阿秋卻被母親從睡夢中拖出來了，一時張不開眼睛，只用手指左右摩著。母親躁急地道：「快去吧，遲一點就要取不到了！」阿秋便如醉人一般，兩腳浮浮地走出門去。

要取得到絲確非容易：廠家的絲有限，調絲的人太多，分配不夠，每天總有人空著手回去，大家恐怕空著手回去，所以爭先趕去，等在廠家尚不曾開的門外。

一條寂寂的街上，青的晨光照著一切，獨有廠家的門外聚集這一簇婦女，而且有種喃喃的喧聲。這一簇婦女裡邊，有白髮飄飄、眼腔翻紅的老太太，有面孔清瘦的寡妻，有髮絲蓬鬆的女郎，有露臂赤腳的女孩子。阿秋雜在這一簇裡邊。

待到廠家的門開了，一群人一擁而進，大家伸出一隻手，便接到司事先生手中的絲，很滿足地轉身走了。直到司事先生手中空著時，總還有好些手伸在那裡。那些失望的手只好很懊喪地放下來，等明晨再來伸著碰命運了。

像阿秋這樣幼小，伸著手時總不及人家這麼高。可是她運用她全身的氣力，只顧向人叢中鑽，直鑽到最前一排為止。於是她拉著司事先生的衣服，求他給一份絲。絲拿到了，她便轉身鑽出去，但是她也有鑽不進去的時候，看見在她前面的人已經空著手走了，她只得懷著一腔恐懼的心走回去。因為她的母親最恨的是空手回去，所以責罰起來是很嚴重的，不僅是重重的一頓打，還要不給兩碗薄粥的早餐。

凡是取得到絲的日子，她便坐在那裡整天調絲，白日過去了，還要做夜工。母親除料理一切家務外，也與她做同樣的工作。可是阿秋的技能總不能長進，常常使母親發起怒來，舉起手去便打。調得慢，是一；調得不平勻，是二；而最不好的，卻是糟蹋太多。絲接起來時，把兩個頭打了個結，須要把餘多的頭咬去。若是每個結的餘頭都很長，那就使全軸頭的絲顯然地減輕分量，廠家就要有許多話說了。結果不是罰去幾次取絲的權利，便是按照短少的絲的分量賠錢。這怎能叫母親不要恨呢。

對於這一點，母親曾經罵過好多次，打過好多次了。然而沒有效果。阿秋打起結來總要咬去很長的一段餘頭。母親氣極了，便想新的方法來責罰她。她撿起阿秋所調的絲，待它乾了，就繞在阿秋的幾個指頭上。更引個火把絲燒著，憤憤地說：「你這指頭不肯當心，現在叫指頭吃點痛，以後好當心一點。」這個新方法後來也成為老法子了，阿秋總是哭了一場完事，而技能仍不見有進步。她的手紅而且腫，感覺頗不敏銳，打起結來木木的，只是運用不靈。

她也有她的開心快意的時候，就是當就睡時向枕下摸她的僅有的十枚銅元。去年的年底，母親向廠家算清十二月份的工資，一共是五塊大洋，十枚銅元。回家的時候不知為什麼心裡很歡喜，就向阿秋說：「這十枚銅元給了你罷。你好好地藏著。以後我再要給你。積得多時，可以買好看的衣服穿，好吃的東西吃。」於是阿秋有了財產了，因為要藏得好好，所以擺在枕頭底下。每晚上床時，她總要去摸著，冷冷的，光光的，數著「一，二，三，四……十」，數目一點不錯，她就覺得有種說不出來的舒服，隨後便慢慢地模糊了。

新年裡她不做工，在街上看見糖做的果品人物，就向母親說：「母親，我要用我的銅元，買一個蘋果糖。」母親立即阻止說：「你只有十枚銅元，用一枚就要少一枚，等積得多時再買吧。」阿秋當然覺得失望，但想想將來積銅元多時無論什麼東西都可以買，又覺著安慰了。

清明時節，街上一聲聲叫著：「賣鮮花。」她又向母親說：「母親，我要用我的銅元買一朵紅的花戴。」但是母親又說：「你只有十枚銅元，用一枚就少一枚，等積得多時再買吧。」

立夏時節，不知她從哪裡看見了櫻桃，又向母親說：「母親，我要用我的銅元買一些可愛的櫻桃。」但是母親又說著等積得多時再買的話來阻止她。

她想買端午節的絨老虎，想買夏天的白蓮花，想買新秋出來的紅菱兒，都曾向母親請求過，但是都被阻止了，她每一回總覺得失望，但隨後想著在將來的一天，總可以這樣買到，便也不覺得什麼了。況且摸著枕頭底下的銅元，不曾減少，而又有加多的希望，更見得有種甜蜜。

今天到了中秋節了，昨天多取得一些絲，直到今天的晚上還得工作，這幾天她看見香鋪子裡陳列著小香斗同五彩的三角旗，糕餅鋪子裡陳列著圓圓的月餅，不免又引起了想買的心。母親照例地把她的請求阻止了。

她的心仿佛一潭水一樣。風吹過時，就起一些波紋，隨後便平靜下來，沒有什麼了，只是不思慮地調她的絲。

她坐著調絲的地方，是在小室的東角，正對著兩尺見方的窗洞。這小室就是她們母女兩個的世界，許多的事情都在這裡做，許多的零雜東西都擺在這裡，此外只有個很小的廚房罷了。室內零雜東西既多，就很少有容身的地方，要是打一個轉，一定要碰著許多東西。好在她們母女兩個不大行動的，尤其是阿秋，坐在那裡工作，差不多只有手臂是運動的。

這時候月亮已升得高高了，象牙色的光輝照著清空，含笑的面孔望著下界。沒有一點雲，星兒也稀少，不知它們到什麼地方去玩了。微風吹動，帶著些歡笑的人聲：有男的，有女的，有孩子的，有談話聲，有唱歌聲，他們正在欣賞這中秋的好月亮呢。

阿秋的母親到廚房裡洗碗盞去了，阿秋手裡的工作便自然地慢起來；這是久已習慣了的，母親在旁時總比不在時趕緊得多。她聽聽外面送來的人聲，便想起了小香斗五彩色的三角旗等等東西。她想鄰家小孩子的小香斗一定點起來了，又一定有些小孩子掮著三角旗在街上步月。她便從方的窗洞中望那停在清空的月亮。

她覺得今夜的月亮特別好玩，與往日所見的不同，因此只是不轉睛地向她看著。說也奇怪，月亮向她迎上來了，越來越大，越來越光明，幾乎使她張不開眼睛。她不覺得有室內的一切東西，不覺得有一盞閃閃的煤油燈，不覺得有方的窗洞，只見個越來越近的大而光亮的月亮，當著她的視線。

原來月亮裡的門是敞敞地開著的。從門外望進去，有被著銀光的許多高樹，有雪樣白的許多兔子，有矮矮的簇簇的許多粉白的花，阿秋看得心動，不自學地便跨進門去。她想走到高樹底下去看那些兔子，只是不停地走，覺得腳下十分鬆爽，似乎身體輕得多了。

她走到樹下，仰看時，覺得自己小極了，差不多像一個螞蟻。樹上的葉子很好看，像一簇簇的銀針。許多兔子不知哪裡去了，卻聽見樹背後有些聲音喚著她：「阿秋！阿秋！」

她不禁問了出來：「誰在那裡喚我？」心裡卻想：「我向來沒有同伴的，怎麼會有人喚我的名字？」

樹背後的人已經知道她心裡的疑惑，便說道：「我們就是你的最熟最好的朋友。怎麼說你向來沒有同伴呢？」說著，五六個小女孩從樹後跑了出來，都穿著極薄極軟的白衣裳，上邊綴著星一般的無數發亮的東西。她們圍著阿秋，有的牽她的手，有的拉她的臂膊，表示親密的意思。

阿秋看這些小女孩，果然是最熟最好的朋友，沒有一個生疏的面孔。她的紅且腫的兩手被兩個朋友握著，覺得極軟極密貼，不是平日那樣木木的。垂眼一看，原來自己的手白而且柔，正與朋友們的手一模一樣。

她看著朋友們的衣裳，不禁有點兒羨慕，心裡想假如她也有這種衣裳穿著，豈不大快活呢。微風吹過，飄起了她的裙幅，白的，薄的，軟的，綴著發亮的東西的，不是與朋友們穿的一個樣子嗎！

她於是想：「怎麼會穿著這種衣裳呢？」接著又想自己確有這一套衣裳，就是用自己調的絲織成的。而綴在上邊的，是天上最亮的許多星。所以在朋友中間，她的衣裳特別發亮。

朋友們歡迎她，唱著歌兒叫她快樂。她聽這些歌兒優美極了，又稔熟極了，句句意思都能明白。末了，她也唱歌給她們聽，覺得自己熟悉的歌兒很多，隨便唱一兩個，便使她們只是拍手叫好。

一個披著一頭卷髮的朋友提議說：「我們不要停留在這裡。我們不妨走進樹林裡去沿路玩耍。」一個梳著兩條辮子的接著說：「我們要想個遊戲做才行，只是走去是沒有趣味的。」

阿秋一想便想出來了。她說：「我們可做採果的遊戲：大家走進樹林去，看見果子就採，誰採的果子最多又最好，便算是贏。」

「好，好！」大家拍手贊成，便一起翩翩地跑進樹林。

這個樹林裡真有趣，仿佛一家水果鋪子，不過果子不是陳列在桶裡瓶裡而是附著在枝頭葉底的。阿秋同她的朋友一跑進去，便沿路採摘。她們的眼睛被紅的顏色、綠的顏色、青的顏色、黃的顏色弄得昏迷了，也不能夠再加選擇，只把就在手邊的採了下來，擺在衣兜裡就是了。

直到大家的衣兜重得幾乎要穿時，她們才停止採摘，圍坐在草地上，比賽所得的果子。也有是櫻桃，也有是青梅，也有是梨，也有是杏兒，也有是蓮蓬，也有是菱，也有是香蕉，也有是枇杷。而阿秋卻採得了一大堆蘋果，每個有飯碗這樣大，綠處如碧玉，紅處如朝霞，萬分可愛。

評判的結果，大家慶祝著說：「阿秋得了優勝了！我們大家把自己所採得的最好的果子送與她，作為賀禮。」說著，許多的果子來加入蘋果的堆，使阿秋樂得不知怎樣才是。後來她把自己所得的大蘋果答贈她們。每人三個。

她們開始吃果子。阿秋先吃自己的蘋果，覺得有味極了，這蘋果甜得同糖一樣。更吃其他的果子，也都甜得同糖一樣。又不知怎樣的，什麼東西總是入口而化，既沒有皮，也沒有核。

「我們要講故事了。」一個衣袖最短的忽然說。

梳兩條辮子的搶著說：「讓我先講。從前有一個老太太，很是吝嗇，量米的事情總是她自己做的。買米進來的時候，她嫌那隻斗太小了，咕嚕著說：『你為什麼這麼小？』待量米去燒飯的時候，她又嫌那隻斗太大了，又咕嚕著說：『你為什麼這樣大？』那隻斗被她咕嚕得生氣了，一跑跑了開來。後來她又要量米燒飯去了，拿那隻斗，卻已變了一個很小的香斗，她歡喜極了，說：『這才懂事呢！』便拿起小香斗來量米。不知道小香斗受不起重量，一會兒便碎壞了……」

「我們要變戲法了。」那衣袖最短的小女孩又這樣提議，不知怎樣，她手裡早已拿著一個小香斗。她又說：「我要點著這個小香斗，請各位看它的煙，會有種種好看的東西現出來。」

阿秋瞪著眼睛向她看，覺得其餘幾個小朋友也都瞪著眼睛向她看。

衣袖最短的女孩把小香斗點起來了。香煙浮起，凝集不散，起初成功一朵白蓮花，輕輕搖動，才開得一兩瓣呢。於是大家拍手讚美，共說這十分有趣。

衣袖最短的小女孩輕輕吹了一口氣，白蓮花不見了。香煙重又凝集起來，現在成為一個小花園：中間有山石，有溪塘，有樹木，有亭館，更有簇簇的許多遊人。大家看得更滿意了，反而連拍手也想不起來了。

第三次凝集的煙卻成為一隻仙鶴，鮮紅的額頂，雪白的羽毛，烏黑的尾巴，很是可愛。它起先翹起了一足站著，慢慢地向四面觀看。後來撲開翅膀飛起來了，飛得很高又很快。阿秋覺得自己同幾個小朋友也跟著它飛，兩條手臂就是兩個翅膀，飛起時非常便當，也是很高又很快。那仙鶴飛了一會兒，便歇在一家人家的窗沿上，阿秋看時，這不就是自己家裡那個方的窗洞嗎？

她於是想起了調絲，想起了母親，隨口對小朋友們說：「我要進去了，我要去調絲了。小朋友們，隔幾時再會吧。」她便想從窗洞飛進去。

披著一頭卷髮的小女孩卻拉住她說：「你不要去，這調絲不是我們小女孩該做的事情，我們該去玩耍尋樂。」

阿秋聽了，覺得很對，便又同幾個小朋友站在一起。但是不知怎樣，她們並不在窗外了，已經在她的家裡。一忽兒，那些小朋友又不知哪裡去了，旁邊只坐著她的母親。她的母親今天特別好看，滿臉的笑容，滿身的發亮東西，衣裳是白的軟的薄的，正與她所穿的一樣。

阿秋便伏在母親膝上，嬌聲說：「母親，你做什麼？我從來不曾見過你穿這樣的好衣裳，現在穿著做什麼？」

母親笑說：「你不是也穿著好衣裳嗎？你做什麼？」

阿秋便想起今夜是中秋夜，大家要穿好衣裳的，便回答說：「今夜是中秋夜呢。」

「那麼我也為這個緣故，你看你這身衣裳這樣好看，這樣稱身，你心裡覺得怎樣？」

「這全是母親愛我，我也很真摯地愛著母親。」

「我還要帶著你一同出去步月呢。」

「這更見得母親愛我了，我願意母親永久這樣愛著我！」阿秋說著，便舉足要走。

她又聽母親喊著：「阿秋！」隨即答應：「來了。」

可是她的額部突然受著重重的一擊，使她的幻想全逃走了。定睛看時，窗外的月光照在母親的臉上，一雙發怒的眼光十分可怕。母親的手舉了起來，正在作勢要打第二下呢。

於是阿秋的右手急急抽轉那繞絲的軸頭。

一九二三年八月十二日

刊《兒童世界》第七卷第八期、九期、十二期（一九二三年十二月一日、十二月八日、十二月二十九日），署名葉紹鈞。

菁兒的故事

一

這年上菁兒八歲了。一天，父親招著手，叫他走到面前，對他說：「你的年紀慢慢地大起來，應該學一些做人的道理才是。」

菁兒就伏在父親的膝上，仰起了臉，看著父親的含笑的眼睛說：「我要學的，我很願意學。你有許多的書，塞滿了書櫥，又堆滿了桌子。想來這些書都是講做人的道理，你就講幾本書給我聽聽吧。」

父親慈和地搖著頭，說：「書裡面果真有講到。但這是做書的人自己的，只能供給我們查考查考罷了。」

「那麼你的吧，」菁兒嬌婉地牽著父親的衣袖，「你天天在家裡，往外邊，做這樣，幹那樣，一定有你的道理。」

父親很欣喜的模樣，點頭說：「有，有，有我的道理，也只能供給別人查考查考罷了，不能夠作為你的。」

菁兒覺得失望了。他疑惑地問：「那麼，叫我到什麼地方去學呢？」

父親莊重地回答說：「有，有，你可以從自己學，從自己得到的經驗學。唯有這樣學來的道理，才是你的，你自己的。你可以常出去，看遇到些什麼事情。從這些事情裡，你可得許多的經驗，你就會學到許多做人的道理。」

菁兒聽著父親叫他出去，早快活得跳起來了。「現在就去！現在就去！」

父親說：「很好。但是你要留心你所遇到的事情，不要閉著眼塞著耳蒙著心似的，回來時同出去時一樣。」

「記得了。」菁兒別了父親，戴起他的潔白的草帽，就往外邊奔去。

菁兒的家在市中，離這市不遠，便是郊野，有許多的田畝，住著好些農作人家。他奔出了家門，見街上人來人往，正像搬家的螞蟻，覺得忙亂得可厭，兩腿便不自覺地向郊野走去。

四月的暖風吹來，他覺得周身軟軟的，仿佛靠著鵝絨褥一類的東西，田裡塗著一片綠的顏色。天空塗著可愛的明藍，真是一個圖畫裡的世界。他禁不住唱起母親教給他的歌來了：

平田鋪上了綠絨毯，
天上張起了明藍帷，
暖暖的好風吹來，
我們能不開懷？
我們要……

他忽然停住了，因為他嗅到一陣香，非常甜美的香，他只顧受用，就停住了歌唱。他順著香味的方向走去，便看見一個小小的花圃。用竹頭架著不很高的花棚，上面堆滿濃綠的枝葉，鮮紅的玫瑰。一個同他差不多大的孩子在花棚旁邊站著，看花看得出了神的樣子。

他也走近這花棚，嗅著這種濃密的香氣，看著這種美麗的色彩，真是說不出的愛。他問旁邊那個孩子說：「這花是誰的？」

那孩子很高興地回答說：「是我的。」

「誰給你種的？」菁兒十二分的羨慕，心裡想回家去總要叫爹爹媽媽給自己種一叢。

那孩子更為起勁，差不多笑著回答：「是我自己種的。去年我向人家要了一根枝條，輕輕地插在這裡。時時來看它，天天來澆水。若有毛蟲之類藏在葉背後，我就捉開了。今年，我又為它架了這個棚，好讓新的枝條爬上去。現在開花了！你看，開得像個花的山，而且這麼香，又新鮮，又甜美。我很快活，費了這些心思氣力，得到這樣的好酬報。」

那孩子又拉著菁兒的衣袖問說：「你也種了玫瑰花了嗎？」

菁兒搖搖頭，心裡正在想向那孩子要一點花帶回去，只是覺得不好意思出口。可巧那孩子走開了。他走的時候向菁兒說：「你歡喜這花，在這裡多看一會兒吧。我還有別的事情做，我要去看自己種在那邊的青菜呢。」

一種不好的念頭在菁兒的心頭湧起來了。他想那孩子既已去了，也不用向誰要，不妨動手就採。同時他的兩手就伸近花枝，盡揀開得好的花採。採了一把，想要停止了，看看這朵很好，就採了這朵，又覺那朵他捨不得，更採了那朵，直到兩手不能再拿了，方才真個停止。他想這兩手的花，應該分為三份，一份呈與爹爹，一份獻給媽媽，他們一定更要愛我呢，再有一份，插在自己那花瓶裡。他想得高興，最好馬上到了家裡，所以回轉身子便跑。

離開了花圃，仿佛吹過一陣風的樣子，奇怪的事情發生了：他手裡的花全然變了顏色，成為焦黃，而且乾了，皺了。他用鼻子湊近去嗅著，再沒有一點兒香氣，反而覺得帶些陳腐的臭味。

這使他驚恐起來了。難道那孩子是魔法師嗎？他再想想，又覺得不是，魔法師總是老人或者老婆子，沒有小孩子的。後來又想，那邊的花還多，不知也變了沒有，何不回轉去看看，假如沒有變，重行採兩把回家。於是丟了兩手的枯花，又轉身向花圃。

何嘗變呢？紅顏色的花朵仍仿佛一個個的笑臉，對著他有無窮的好意，香味一陣陣地送來，似乎比剛才更濃極了。他不禁又驚異又欣慰地喊道：「沒有變！沒有變！」

他動手採花，同剛才一樣的採得多，心想這回要好好地留心著，不讓它變了。本來明明是好看的，香的，不該有立刻變的道理。剛才不知怎麼，被夢魔迷住了。

但是離開了花圃不多路，又仿佛一陣風吹過，再看手中的花，又變了！焦黃且乾皺，帶著陳腐的臭味！這回是他嚇得像遇了蛇蠍一般，連忙將魔術的枯花拋在路旁。同時他哭起來了，一半為著驚怕，一半為著得不到這樣美麗的花，帶回家去。當他哭著的時候，有些小鳥在路旁樹上叫著，又似勸他，又似笑他。

從田間回家的農夫看見他哭，問他說：「你的爹爹媽媽離開了你去了嗎？你不認識回家的路嗎？你掉了什麼東西呢？」

他只是搖著頭，而且也哭得沒有勁了，便揩著眼淚動腳走。

農人追上來問道：「你到哪裡去？亂跑是使不得的。」

他只得開口回答了。他說：「我回家去，我認識路的。」

到了家裡，一臉不高興的樣子走到父親跟前。叫一聲「爹爹」，仿佛喉嚨裡轉了一口氣。

父親拉著他的小手，撫摸著，問道：「你遇見了什麼事情了？不要這麼不高興，且把遇見的告訴我聽。」

「我遇見魔術了！我遇見魔術了！」他就把剛才的事情完全講出來，講到第二次的花又變了的時候，他的嘴唇不自主地牽動著，又幾乎哭出來了。

父親點頭說：「這於你是很有益處的。現在且不要難過。要玫瑰花也容易，你可以自己去種。」

飯後父親出去，向人家要了一根玫瑰的枝條回來，就授與菁兒。

菁兒依著父親的話，把這枝條插在庭中的牆下。以後時時去澆水，看有沒有毛蟲吃它的葉。他懷著一種新鮮的希望，要從這手種的枝條上看見美麗且濃香的花朵，明年春天，嫩的枝條抽得很多又很快。他也為它架一個棚，用的是綠竹，很好看。不多幾天，發現枝頭有很小的花蕾了。再不多天，發現新生的花蕾很多很多了。他說不出的快樂，好似神仙的境界馬上要在眼前湧現了。

玫瑰開得很盛的時候，庭中彷彿另是一個樣子，又光明，又香馥，以前從不曾見過這樣的光景。菁兒早已看得眼醉，嗅得鼻醉，連帶著心也醉了。這天父親也走來看花，問菁兒說：「現在這玫瑰花可要變了嗎？」

「不變，採下來也不變，我送一束與母親，她很歡喜，說香豔得可愛呢。」

「你該學到一個道理了。為什麼去年採了別人的，弄得懊惱地回來，今年自己種了，你會這樣的高興呢？」

「我明白了。」他走近父親，牽著父親的手，嬌笑著說：「別人的花，出於別人的氣力，當然在別人的花圃裡開得美好。我去採了下來，不費一點兒氣力，也要想看它的美色，嗅它的香味，世間沒有這種便宜的事。現在我知道要受用什麼東西，要使自己高興快樂，只有一個方法，就是自己用氣力去做。」
父親把菁兒的頭抱在自己胸前，和悅地說：「你從自己學到一個道理了。」

二

一夜裡，菁兒早先睡了。到父親母親快要去睡的時候，他忽然哭醒了，哭得很悲傷。
父親母親一齊走到他床邊，問說：「你夢見什麼了？」
他拉著父親母親的手，還帶著嗚咽地說：「夢見的事情，都是很難受的，所以忍不住就哭了。現在我講給你們聽。」
父親母親就坐在他床邊，聽他講自己剛才做的夢。
他說：「我起先在一條路上走，看見一個小孩子蹣跚地走來。我想他這樣走，或者要跌跤，應當把他扶著。後來再想，他未必一定會跌跤，他能走來，當然也能走過去。我便不去扶他，徑往前走。」
「忽然呀的一聲，回轉頭去看，這小孩子果真跌跤了！跌成兩段，滿地是血。

我心裡仿佛有什麼東西一壓，壓得很緊，十分難受。正在這當兒，夢境變了。」

「我覺得在一條堤上走，似乎這地方是荷蘭國。我看看海面的帆船，很覺好玩。無意中看見堤旁穿了一個洞，海水從洞裡流向裡面來。我想這或者要成水災，應當把它塞住。後來再想，我沒有這樣粗的臂膊，哪裡塞得住這個洞，而且這個洞說不定是人家特地開著有用的。我便不去塞它，徑往前走。」

「忽然天翻地覆的聲音起來了，男女老小哀呼悲號的聲音起來了，回轉頭去看，只見一片汪洋的水！水面浮著無數的人。我心裡又仿佛有什麼東西一壓，壓更緊，更為難受。正在這當兒，夢境又變了。」

「我覺得就是現在這年紀，心裡想要讀許多書，做許多事。後來又想，等到年紀大一點再做的好，現在年紀太輕呢。我便等著，等年紀大起來。」

「到了青年，又想再大一點去做，豈不更好。這樣地等下去，我自覺已經老了。這天我害病了，來了個滿身白衣的人，他說，你跟我去吧。我想我有許多書還不曾讀，許多事還不曾做，但是要跟他去了！我心裡又仿佛有什麼東西像山一般地壓下來，難受已極，不自覺地哭了出來。」

「我就此醒了。」他說罷，靠在母親的膝上。

父親點頭說：「這個夢於你很有益處的。你現在且想想，你覺得難受，覺得心裡被壓，根源在什麼地方？」

菁兒想了一想說：「那只為當初想做，但不曾真個去做。若我扶了這孩子，塞了這水洞，立刻讀了書，做了事，這個夢就是很快樂的夢了。」

父親安慰他說：「現在好好兒安睡吧，你不會再做這樣難受的夢了。」

明天是星期日，菁兒帶了一個皮包，中間盛著零星的物件，向郊野走去。這是清秋的天氣。淡藍的天，浮著幾抹白雲，仿佛是大理石蓋在上面。陽光照在草上，滴滴的露珠都放出閃閃的光。遠處的山，漸漸卸去雲霧的衣裳，秀美可愛。

菁兒隨口唱道：

秋天的朝晨，
快樂的時辰。
天也青，山也青；
氣也清，人也清。

正好……

他想起了畫圖了，他覺得這樣的風景正可描畫。於是就在草地上坐下，從皮包裡取出紙筆顏料來。他對著風景寫生，心裡一點兒不想別的，只是用心地畫。不多一刻工夫，他畫好了。自己看看，這幅畫可愛極了，似乎以前從來不曾畫過這樣好的畫，便決定回去送與父親，讓他掛在書桌旁邊，他的書桌旁正該有一張畫才好看呢。

菁兒藏好了畫，向前走去，看見許多農人在那裡割稻。在一塊田裡，只有一個老婆子工作著，不像其餘的田裡有許多男女一同工作。這老婆子年紀太老了，拿著鐮刀只是索索地抖，氣喘吁吁的聲音，也可以聽得見。

菁兒想：「她一定是獨自一個人了。這樣老的年紀，獨自工作著，多麼可憐，應當給她一點兒幫助。」他便從皮包裡取出小鐮刀來，走入田中，動手就割，同時向老婆子說：「我來幫你的忙。」

老婆子感謝地說：「好少年，我有福了！」

菁兒不停手地工作，心裡一點兒不想別的，看一把一把的稻因自己的努力而倒在田裡，覺得非常的快樂。直到一塊田裡的稻齊割完了，他又幫著老婆子運到她的場上去。

那場離田不很近，要走兩條田岸才到。菁兒掮了一束去，回來再掮一束。他覺得滿心的快樂，一束一束地越搬越快了。待搬完了，他才向老婆子告別，向前走去。

他到了一條小石橋頭。這條橋只有一塊石頭，一頭的基礎已經壞了，跨上去活動作響。他心裡想：「這樣的橋危險極了，若有小孩子或瞎子走過，不留心便要掉下河裡去，應當把它修理修理才是。」

他就脫了外面的衣服，從皮包裡取出一根鐵棒來，把基礎石點著，使它移正。這是很要氣力的工作。但他不曾想到這層，只覺得一定要把它弄好才是，現在在那裡弄，心裡非常快樂。

幾塊基礎石竟然被他移正了。那橋面也就不致活動，跨上去十分穩當。他看著，只是甜蜜地笑。

那邊來了一個瞎子，拿著一根竹杖，點著橋面，安然走了過來。

菁兒更覺得心裡有說不出的安悅。假若不費這番功夫，那瞎子就要掉在河裡。

他看看已是午飯的時候了，便穿好衣服，提了皮包，回到家裡。向父親母親告訴半天裡所做的事，並且拿出那幅畫來呈與父親，請他掛在書桌旁邊。

父親說：「這幅畫很好，是你的第一幅好畫，我馬上把它掛在書桌旁邊。」他便去取鏡框子和釘。

母親說：「你今天做了這許多重的工作，一定很疲勞了，下午在家裡歇歇吧。」

菁兒起勁地說：「一點兒不疲勞，同不曾做什麼一樣。我只覺得這半天差不多浸在快活中間，是很舒服的。以後要永遠浸在快活中間，才有趣呢。」

父親已掛好了畫幅，端詳了一會兒，回頭來問道：「你今天該又學到一個道理了。為什麼今天的半天使你這樣快活？」

「我明白了。」菁兒挺一挺身體，像小英雄的模樣，說：「現在要做的事，馬上專心地去做，這就是快樂的根源。」

父親母親聽了，一齊拍手讚美他道：「聰明的孩子，你又從自己學到一個道理了！」

三

一天，菁兒走到郊野去了。只因貪看風景，走到了不認識的所在，前面是一帶高山，山凹裡有一條白線似的小路，曲曲彎彎地通到後面的山去。四圍沒有聲息，樹和草都靜默著。

菁兒心裡想：「來到這所在，不妨走上山去，看看是什麼樣子。倘若找到些有趣的動植物，便可以研究研究。」他是相信「想做的事馬上去做的」這個道理的，所以就跑向山麓。

這山路峭險得很厲害，他身體向前俯了，一步一步跨上去。他並不覺得力疲，因為滿心的歡喜，今天又到一個新地方了。而且還存著一種希望，倘若有些動植物很有趣的，就是不能帶回去，也可以在此看看，長些見識。

走到山路轉彎的地方，兩旁都是很高的松樹，並且上面的路更峭險了。他正想停一停腳，預備再向上走，忽然聽得松林中有人呼喊的聲音。在這靜寂的山中，這聲音仿佛在一個空的甕裡。

他用心再聽，聽得清楚喊的是什麼了。

「小孩子，站著，不要動，動了要你的命！」

一忽兒，樹林中就奔出三個人來，都是很大很高的身體，把他一把抓住。一個說：「跟我們回去，以後永久同我們在一起了，你不要想回家，想回家就要了你的命！」這人說到這裡，舉起了石頭似的拳頭。

菁兒心裡想：「他們住在這山中缺少朋友，太寂寞了，所以要我做他們的朋友。」便回答道：「是不是要我做你們的朋友？這可以的，用不到什麼激烈的方法。」

先前開口的那人說：「誰要你做朋友！我們現在缺少挑水煮飯的人，要你替我們做這些事，而且永久做這些事。」

菁兒想：「原來如此。他們真太苦了，不知現在渴得怎樣了，餓得怎樣了。」便回答道：「我最喜歡幫助人家，你們要我幫助，我感激你們。現在到你們家裡去吧。」

於是四個人再向上走。翻過了一個嶺，路便斜向下去，直到一個湖邊。湖的對岸也是山，這個湖就仿佛是鑊子的底。

離開湖面八九尺高，用木樁撐著接長的木條，從岸邊到湖心為止，湖旁是一所屋子，四個人就走進這裡。

菁兒趕緊從湖裡挑起水來，煮給他們喝。又趕緊做飯，恐怕他們餓得厲害了。他看他們一碗一碗地吞下去，心裡很快活，想現在他們總可以不渴不餓了。

三個人吃完了飯就跑出去，不到兩點鐘又回來了，背著許多東西，有吃的，有用的。

菁兒看他們臉上很快活，便問道：「你們剛才從市上買來這些東西嗎？」

「不是的，」一個人隨口回答他，「小孩子不要管這些事！」

「你們的朋友送你們這些東西嗎？」菁兒又問。

「你不懂得的！」第二個人討厭地呵斥，「教你不要管，你偏要管！」

第三個人卻開口道：「好在他永久地在這裡了，對他說了也無妨。」便對菁兒說：「對你說了吧，我們是強盜，這些東西是剛才搶來的。」

菁兒笑道：「你說笑話了。像你們這樣的人，像你們這樣的臉，哪裡會是強盜。我想強盜只在故事裡才有講起，世界上是沒有強盜的。」

第三個人又說：「你不相信，我給你看憑據。」他便從身邊摸出一把雪亮的刀來，刀上染了好些鮮紅的血痕。

菁兒看著，心裡一酸，禁不住帶著哭聲說道：「可憐的你們，趕快自己清醒些！你們不是夢魘未醒，便是犯了熱病了，你們受魔了。快清醒些！快快請醫生去醫！」他喊著，輪流拉著三個強盜的衣袖。

三個強盜都呵斥道：「傻孩子，說的全是瘋話！我們高興做強盜，我們清醒地做強盜，干你什麼事？」

菁兒索性哭起來了。他說：「我代你們傷心極了：自己犯了病，自己在夢裡，還說沒有病，還說是清醒。我是十二分的誠心，勸告你們。你們聽了我吧！你們快快清醒，快快找醫生去吧！」他恨不得把心都抓出來，給他們看，好使他們相信他的誠心而依從他。

一個強盜不相信地說：「你誠心嗎？我可要試試你，你若是真個誠心的，可到湖面架起的那條木條上去走個來回，我才相信你。」

那條木條原來是他們用來恐嚇搶來的人的。搶來的人看見了那木條，又高又長又窄，掉下去就是湖，便只得答應了他們的要求。也有人不相信，依著他們的指揮，走上去試試的。但是沒有走到一半，腳裡就軟起來，結果是掉到湖裡去。

現在菁兒聽了這句話，心裡便想：「我自然是誠心。他要試試我，我就當給他試。」因此答應了，走出屋子。三個強盜也跟出來。

菁兒一步步跨上木梯，到了木條上，照平常走路一樣地走去。他心裡希望這三個人早早醒悟了自己的病和夢。又想：如其他們馬上醒悟了，這多麼快活。不知不覺已走到木條的尺頭，正在湖的中心，他便回轉身子，照樣地走了回來。下來問三個強盜道：「你們可以相信我了嗎？」

三個強盜有點兒感動，疑惑地說：「難道我們真有點兒病，真有點兒夢魘嗎？」

菁兒說：「沒病的清醒的人是用自己的力量生活的，是同許多人互相扶助著生活的，不是去取了人家現存的東西生活的，不是同許多人做了冤家生活的。」

三個強盜拍掌道：「我們清醒了，我們的病好了。也不用再去找醫生，你這小孩子就是我們的醫生。」

菁兒聽說，心裡說不出的舒快，反而也流了淚下來。他一一吻著他們的手，說：「我原說世界上不會有強盜的。」

這三個人既然不做強盜，就離開了湖旁的屋子，到許多人的地方，做願意做的事去。菁兒與他們分別了，就回到了家，天已經晚了。

他把今天的事情講給父親母親聽，現出很滿足的樣子。

母親說：「你太冒險了，兇惡的強盜，危險的木條，你都要去試試。倘若我早先知道了，真要為你擔心呢。」

菁兒說：「也不見得危險，我卻又學得了一些道理了。待我講出來，不知你們以為對不對。」

父親點頭道：「我想總有點兒意思的。講吧。」他支著頭等待，彷彿等待好吃的東西。

菁兒說：「我覺得對於不論什麼人，當他好人看，用誠心待他，結果總是很快樂的。」

父親連連點頭，欣悅的笑容，但是不開口。

菁兒又說：「我覺得做什麼事，只要腳踏實地，一步一步走去，絕沒有危險。我們走路，有容得下兩隻腳的一條路就夠了，腳腳著實，哪會有危險？這是從今天走木條這件事上學來的。」

父親母親聽了，一齊說：「今天學來的，又是很有用處的道理。」

刊《兒童世紀》第九卷第八期、九期、十一期（一九二四年二月二十三日、三月二日、三月十六日），署名葉紹鈞。

牛奶

這一天傍晚四五點鐘的時候，阿菱家裡來了四五個小朋友。她指著圍著一隻小桌子的幾個小椅子說：「請你們坐下，我請你們吃些點心，開一個茶會，想來總歡喜的。」

那些小朋友聽了，一齊拍起手來。尤其是一個叫做碧兒的拍得頂起勁，她說：「你真會做主人。起先你邀我們來，我們不知道你有這玩意兒。想來拿出來的東西一定是頂好吃的，我們的嘴真有運氣。」

「我們的嘴真有運氣。」其餘幾個小朋友也歡悅地嚷起來。

阿菱略微有點兒不好意思似的，笑著，一手掠著頭髮，身體一旋，便奔進裡面去了。

她出來的時候，一手拿著一疊空碟子，一手拿著一大盤雞蛋糕，是圓塊的，上面綴著白糖做成的美麗的花朵。她分派碟子。幾個小朋友接碟子在手，看著便覺可愛，潔白的底畫著一枝大葡萄，仿佛正從園裡摘下來盛在這裡的。其次，她就捧著盤子到各個人面前，讓各人隨意取雞蛋糕。

她第二回從裡面出來時，捧著的盤裡盛著幾隻精美的茶杯，斟滿了上好的紅茶。每人一杯分派已畢，再去取一大杯牛奶來，問各人要不要加在茶裡。

輪到碧兒，她說不要加，而且臉上現出不好過的樣子。

阿菱笑著說：「不妨加一點兒，很好的呢，這樣的潔白，這樣的香甜，是午後才送來的，決然新鮮。」

碧兒還是搖頭，說：「謝謝你的好意思。但是我實在不要吃這東西，光是這茶就很好了。」

「你本來吃牛奶的，上月我到你家裡去，不是你的母親正授一杯牛奶茶給你吃嗎？為什麼現在不吃了？」

「是的，現在不吃了。而且將來永遠不吃了。」

一個叫做尋保的說：「難道牛奶太硬，哽住了你的喉嚨，所以你就與它結下了深深的仇恨了？」

尋保本來著名是會說笑話的，現在他還做出一種哽了喉嚨的可笑的模樣，使幾個小朋友都大笑起來。

碧兒笑了一陣，勉強熬住了，說：「並不是哽住了我的喉嚨，中間自有一段故事。現在我們開茶會，不妨讓我把這故事講出來，助助大家『興趣』。但是這種興趣不是引起笑的，或者會使你們不爽快的。」

「你講的故事總是好的。我們在這裡預備著聽了，你就講吧。」大家一致催促著她。同時拿起雞蛋糕來吃，或者拿著茶杯呷茶。

碧兒慢慢地嚼著雞蛋糕，講出以下的故事：

我為什麼不吃牛奶了呢？因為覺得這東西太傷心了。現在看看，好像是潔白的，香甜的。但是想想它的來歷，就會覺得它實在反射出悲慘的黑色，含蓄著難堪的苦味。

我本來天天吃牛奶，是母親要我吃的。她說吃了這東西，身體會強壯，皮膚會白潤的。我嘗嘗味道很好，自然歡喜吃它。

牛奶是由一個人天天送來的，這個人就住在我家的近旁，我常常到他那裡去，看他所養的五頭牛。我知道所吃的牛奶就是這五頭牛的，對它們很覺得親密。它們給我吃了這樣好的東西，怎能不對它們覺得親密呢？

大約在十天以前，我又去看它們了。卻遇見了意外可喜的事情：一頭牛於昨天晚上產生了一頭小牛。這是一頭可愛的小牛，嫩黃的光滑的毛，兩個很活動的耳朵，圓圓的帶黃色的眼睛。它在草地上略略奔跳，停一會兒，鑽到它母親身邊去吃奶。我很歡喜它，走近去撫摸它的身體，它也不覺得討厭，只是閉一閉它的眼睛。

明天後天也去看它，覺得它更活潑了，更可愛了。它把頭在它母親身上摩著，正同我們依戀著母親一樣。那頭母牛呢，回頭來看看它，臉上的皮肉便弛鬆一點兒，眼皮略略合攏來。這仿佛在那裡笑？——因為心裡快樂而笑。

因為學校裡的功課忙，第四天就沒有去看它。但是時時想起來，不知它又怎樣的好玩了。預算到星期日這一天，沒有什麼功課了，可以一早去看。

但是在星期五早上，送牛奶的人來了，帶著一串血紅的牛肉，問母親要不要買。他說：「假若要做炒牛肉絲，這是最適宜的，因為是小牛的肉。」

小牛這兩個字直刺我的耳朵，就急急地問：「哪裡來的小牛？」

送牛奶人說：「就是前幾天生的。」

你們可以揣知我這時候怎樣的難過了。我預備後天去看它，誰知它的肉已成為一串一串的，將賣給人家做炒牛肉絲了！我不用閉眼睛，就很清楚地想得出可愛的它——它的嫩黃的光潤的毛，兩個很活動的耳朵，圓圓的帶黃色的眼睛。我不敢再看那串牛肉。我的心裡似乎塞了許多東西，眼睛和鼻頭的部分盡是酸酸的，幾乎哭出來。當然再也說不出什麼話了。

母親也覺得可惜，她問說：「為什麼要把它殺了呢？讓他長大起來，你也多了一頭牛，豈不很好？」

送牛奶的人說：「不行的。我做的是牛奶的生意，若留了小牛，這生意就做不成了。母牛見小牛在旁，就不讓別人去榨奶，她要留給小牛吃。一定要把小牛引開了，它才肯讓別人榨。小牛離開了母牛也活不成，所以索性把它殺了賣。」

諸位小朋友聽見了嗎？我們吃牛奶是奪了小牛的權利，害了小牛的性命，又傷了母牛的慈心的事情！

我們不知道，覺得牛奶是潔白的，香甜的。知道了這等情形，就會覺得它是在反射出悲慘的黑色，含蓄著難堪的苦味了。

我想起了那可愛的小牛，又想起了提在送牛奶的人手裡的一串血紅的肉。我想起了那似乎含著笑容的母牛，又想像它不見了自己的小牛而流淚的情形（我只能想像，不敢再去看它了）。我覺得以前擔著一重罪過。再擔下去，實在有點兒怕了。所以便向母親說：「我不吃牛奶了，而且將來也永遠不吃了。」

刊《兒童世界》第十卷第一期（一九二四年四月五日），署名葉紹鈞。

甜

「糖，糖，」期兒盡是嚷著，他正在那裡吃粥。「再要加多，這一點兒不夠，再要加多。」

他的母親摩著他的頭頂，溫和地說：「加了這許多，怎麼還嫌不夠甜呢。你這樣歡喜吃甜，將來牙齒會壞的。壞了牙齒，什麼也吃不得，你才苦呢。」

期兒真有歡喜吃甜的癖性。

但是他從嬰兒時期到現在六歲，只嘗到一種真個甘甜適口的東西，這就是母親的奶。他起初也不懂得什麼甜不甜，只覺這種味道一觸舌頭，周身都說不出的舒服；他的嫩紅的笑臉就現著笑容，一會兒，就闔著眼安適地睡了。後來慢慢地跟大人們學說話，才知道這種味道叫做甜。

當斷奶的時候，他仿佛失了生命似的，因為這種舒服美好的味道，突然嘗不到了；他日夜地哭，身體頓時見得消瘦。母親當然覺得他可憐；但斷奶是必然的事，哪有已經能夠在地上走的孩子，還吸著母親的乳房的。她只好拿許多東西給他吃，煮粥，糕，餅，梨，香蕉，這些都是孩子們歡喜吃的東西。但是他覺得這些東西不是那種味道，不是甜；舌頭觸著，更咽下肚去，一點兒也不覺得好過。他幼稚的心裡仿佛想：「難道這種味道永遠不會再嘗到嗎？假若如此，就什麼都不可愛了，什麼都沒有興趣了。」

他為著肚子不餓，不得不吃些東西。吃的東西味道不好，只得和著許多糖。他覺得唯有這糖較近於他所愛所想的味道（不過較近罷了，不是恰恰相同）。吃雞蛋糕要蘸糖，吃牛奶餅也要蘸，吃梨香蕉也要蘸，至於煮粥，格外是淡而無味的東西，所以他盡是嚷著，要加許多糖。這真是一種怪癖。母親愛他，也就聽他。

和了糖吃下這些東西，雖似好一點兒，但是總比不上母親的奶那樣的甜味。他常常想：「幾時再嘗到這種味道呢？」

這是中秋夜。他吃了滿蘸白糖的月餅，坐在廊下看月亮。後來漸漸朦朧了，母親便扶著他到床上去睡。

來了個白鬚的老人，慈和的眼光看著他，他便爬了起來，他知道這老人是從月亮裡來的，一心想要跟他去玩。

老人已知道他所想的，問他說：「要跟我去嗎？」

「要的。」

「吃了月餅嗎？」

「吃了，但是不好吃，蘸了許多糖，還是不大甜。」

「到我的地方去吧，我給你吃甜的月餅。」

期兒同老頭跨進月亮的門，正同遊花園的時候跨進一個月洞門一樣。裡面有好大的平原，有許多人在那裡耕種，他們都是很起勁的模樣。

期兒在田畦旁邊站住了。他看著田裡結著鮮紅的辣茄，很好玩的。老人便採了一個辣茄給他說：「你嘗一個。」

他有點疑惑了，伸出了手，但是不敢就接受。

老人說：「你怕它辣嗎？並不辣，比糖還要甜。」他隨即把辣茄送進自己口裡，皺癟而披著白鬍子的嘴唇於是牽動起來，看他的神情，就知道嚼著的是最有味的東西。

期兒不復疑惑，自己也採了一個辣茄吃。很奇怪，好久沒有嘗到的味道又在舌端了，彷彿正吸著母親的乳房，一口一口咽下甘甜的乳汁，身體上又感到一種說不出的舒服，這種舒服久已離得遠遠了。他驚奇地問：「這不是辣茄嗎？」

老人笑說：「確是辣茄。」他又從一棵樹上採下一顆果實，授與期兒，說：「這是枳實，你也嘗嘗。」

期兒記得枳實是最難嘗的苦味，有一回，他腹中不消化，母親磨了枳實給他吃，他嘗到這苦味，立刻嘔吐了一大陣。現在老人給他吃這個，不免又有點兒懷疑起來。但因為有剛才的經驗，心想不妨先用舌頭抵著試試。於是接受了老人手裡的枳實。

舌頭剛抵著枳實，他禁不住叫了起來：「一點兒不苦！又是那樣的甜味！怎麼這裡的東西都是這樣好的味道？」

老人說：「你說得一點兒不錯，這裡的東西都要這樣好的味道。你要知道是什麼緣故嗎？」他指點著那些耕種的人，說：「只要看他們就明白了。他們為著高興，為著喜歡，來做他們的工。這種心情是甜的，所以收穫的結果也是甜的。這裡的人沒有一個不用甜的心情來做工，所以這樣的東西都是甘甜。」

「我以前只嘗到母親的奶是這種味道。」

「是呀，母親喂你，不為別的，只為著高興，為著喜歡，她的心情是最純粹的甜心情呀。」

「我們在地上，難道就只有母親的心情是甜的嗎？」

「在早先的時候，你們地上也同我們月亮裡一樣，一切人們的心情是甜的，樣樣東西的味道也是甜的。後來出了些狡猾的人，他們想出方法來，自己貪懶不做工，卻叫別人加倍地做。他們的方法很厲害，硬的是力，軟的是騙，不由得人不聽他們的吩咐。那些做工的人並不覺得高興，並不覺得歡喜的時候，也得要勉強著去做。這當兒的心情，自然淡淡漠漠，毫無興味，種下來的稻麥蔬菜，自然淡而無味了。你是吃過了的，那些東西可有什麼味道？」

期兒連連搖著頭，想起了那些稻麥蔬菜，就覺嘴裡淡漠得難受。

老人續說：「狡猾的人漸漸多起來，做工的人漸漸地少，於是地上有心酸的人。他們看見世界這樣的改變而心酸，他們為著自己的不幸的命運而心酸。酸的青梅這類東西，就是他們手裡的產品。你嘗過酸的青梅嗎？」

「於是地上有痛苦的人了。他們因身體擔當不起而感痛苦，他們因收穫盡被劫奪而感痛苦。從他們的手裡種出來的枳實這類東西，就成了苦的。但是你嘗過了，我們月亮裡的枳實何嘗是苦的。」

「於是地上有憤怒的人了。他們憤怒欺侮他們的人，他們憤怒這不公平的世界。他們種出來的辣茄這類東西，就成了辣的。辣的味道沾著舌頭，差不多熾盛的火，可知他們的憤怒像火一般的猛烈了。」

「總之，凡是做工的人，沒有一個懷著甜的心情。而吃的東西都是由他們產出來的，所以你嘗不到一件甘甜的東西了。雖然是糖，也只是似是而非的甜味。獨有母親，她懷著個深濃的愛，她高興為孩子用盡她的心力，她喜歡為孩子忘了她的自身。這種心情，甜美到不可說，所以從她乳房裡流出的奶是甜的，還保存著早先地上一切東西的好的味道。」

期兒聽著老人這樣說，覺得心裡很空虛。正在想回去迎了母親來，在月亮裡住一輩子……但是他以後的夢就模糊了。

刊《兒童世界》第十四卷第六期（一九二五年五月九日），署名葉紹鈞。

臺灣版後記

為重寫中國兒童文學史做準備

眉睫（簡體版書系策畫）

二〇一〇年，欣聞俞曉群先生執掌海豚出版社。時先生力邀知交好友陳子善先生參編海豚書館系列，而我又是陳先生之門外弟子，於是陳先生將我點校整理的梅光迪講義《文學概論》（後改名《文學演講集》）納入其中，得以出版。有了這個因緣，我冒昧向俞社長提出入職工作的請求。俞社長看重我對現代文學、兒童文學研究的能力，將我招入京城，並請我負責《豐子愷全集》和中國兒童文學經典懷舊系列的出版工作。

俞曉群先生有著濃厚的人文情懷，對時下中國童書缺少版本意識，且缺少人文氣質頗不以為然。我對此表示贊成，並在他的理念基礎上深入突出兩點：一是以兒童文學作品為主，尤其是以民國老版本為底本，二是深入挖掘現有中國兒童文學史沒有提及或提到不多，但比較重要的兒童文學作品。所以這套「大家小書」，頗有一些「中國現代兒童文學史參考資料叢書」的味道。此前上海書店出版社曾以影印版的形式推出「中國現代文學史參考資料叢書」，影響巨大，為推動中國現代文學研究做了突出貢獻。兒童文學界也需要這麼一套作品集，但考慮到兒童讀物的特殊性，影印的話讀者太少，只能改為簡體橫排了。但這套書從一開始的策劃，就有為重寫中國兒童文學史做準備的想法在裡面。

為了讓這套書體現出權威性，我讓我的導師、中國第一位格林獎獲得者蔣風先生擔任主編。蔣先生對我們的做法表示相當地贊成，十分願意擔任主編，但他畢竟年事已高，不可能參與具體的工作，只能以書信的方式給我提了一些想法，我們採納了他的一些建議。書目的選擇，版本的擇定主要是由我來完成的。總序也由我草擬初稿，蔣先生稍作改動，然後就「經典懷舊」的當下意義做了闡發。可以說，我與蔣老師合寫的「總序」是這套書的綱領。

什麼是經典？「總序」說：「環顧當下圖書出版市場，能夠隨處找到這些經典名著各式各樣的新版本。遺憾的是，我們很難從中感受到當初那種閱讀經典作品時的新奇感、愉悅感、崇敬感。因為市面上的新版本，大都是美繪本、青少版、刪節版，甚至是粗糙的改寫本或編寫本。不少編輯和編者輕率地刪改了原作的字詞、標點，配上了與經典名著不甚協調的插圖。我想，真正的經典版本，從內容到形式都應該是精緻的、典雅的，書中每個角落透露出來的氣息，都要與作品內在的美感、精神、品質相一致。於是，我繼續往前回想，記憶起那些經典名著的初版本，或者其他的老版本——我的心不禁微微一震，那裡才有我需要的閱讀感覺。」在這段文字裡，蔣先生主張給少兒閱讀的童書應該是真正的經典，這是我們出版本套書系所力圖達到的。第一輯中的《稻草人》依據的是民國初版本、許敦谷插圖本的原著，這也是一九四九年以來第一次出版原版的《稻草人》。至於解放後小讀者們讀到的《稻草人》都是經過了刪改的，作品風致差異已經十分大。俞平伯的《憶》也是從文津街國家圖書館古籍館中找出一九二五年版的原著來進行重印的。我們所做的就是為了原汁原味地展現民國經典的風格、味道。

什麼是「懷舊」？蔣先生說：「懷舊，不是心靈無助的漂泊；懷舊也不是心理病態的表徵。懷舊，能夠使我們憧憬理想的價值；懷舊，可以讓我們明白追求的意義；懷舊，也促使我們理解生命的真諦。它既可讓人獲得心靈的慰藉，也能從中獲得精神力量。」一些具有懷舊價值、經典意義的著作於是浮出水面，比如孤島時期最富盛名的兒童文學大家蘇蘇（鍾望陽）的《新木偶奇遇記》；大後方為少兒出版做出極大貢獻的司馬文森的《菲菲島夢遊記》，都已經列入了書系第二批順利問世。第三批中的《小哥兒倆》（淩叔華）《橋（手稿本）》（廢名）《哈巴國》（范泉）《小朋友文藝》（謝六逸）等都是民國時期膾炙人口的大家作品，所使用的插圖也是原著插圖，是黃永玉、陳煙橋、刃鋒等著名畫家作品。

中國作家協會副主席高洪波先生也支持本書系的出版，關露的《蘋果園》就是他推薦的，後來又因丁景唐之女丁言昭的幫助而解決了版權。這些民國的老經典，因為歷史的原因淡出了讀者的視野，成為當下讀者不曾讀過的經典。然而，它們的藝術品質是高雅的，將長久地引起世人的「懷舊」。

經典懷舊的意義在哪裡？蔣先生說：「懷舊不僅是一種文化積澱，它更為我們提供了一種經過時間發酵釀造而成的文化營養。它對於認識、評價當前兒童文學創作、出版、研究提供了一份有價值的參照系統，體現了我們對它們的批判性的繼承和發揚，同時還為繁榮我國兒童文學事業提供了一個座標、方向，從而順利找到超越以往的新路。」在這裡，他指明了「經典懷舊」的當下意義。事實上，我們的本土少兒出版是日益遠離民國時期宣導的兒童本位了。相反地，上世紀二三十年代的一些精美的童書，為我們提供了一個座標。後來因為歷史的、政治的、學術的原因，我們背離了這個民國童書的傳統。因此我們正在努力，力爭推出真正的「經典懷舊」，打造出屬於我們這個時代的真正的經典！

但經典懷舊也有一些缺憾，這種缺憾一方面是識見的限制，一方面是因為審稿意見不一致。起初我們的一位做三審的領導，缺少文獻意識，按照時下的編校規範對一些字詞做了改動，違反了「總序」的綱領和出版的初衷。經過一段時間磨合以後，這套書才得以回到原有的設想道路上來。

欣聞臺灣將引入這套叢書，我想這對於臺灣人民了解大陸的兒童文學是有幫助的。林文寶先生作為臺灣版的序言作者，推薦我撰寫後記，我謹就我所知，記述於上。希望臺灣的兒童文學研究者能夠指出本書的不足，研究它們的可取之處，為重寫兩岸的中國兒童文學史做出有益的貢獻。

二〇一七年十月於北京

眉睫，原名梅杰，曾任海豚出版社策劃總監，現任長江少年兒童出版社首席編輯。主持的國家出版工程有《中國兒童文學走向世界精品書系》（中英韓文版）、《豐子愷全集》《民國兒童文學教育資料及研究》，主編《林海音兒童文學全集》《冰心兒童文學全集》《豐子愷兒童文學全集》《老舍兒童文學全集》等數百種兒童讀物。二〇一四年度榮獲「中國好編輯」稱號。著有《朗山筆記》《關於廢名》《現代文學史料探微》《文學史上的失蹤者》，編有《許君遠文存》《梅光迪文存》《綺情樓雜記》等等。

民國時期經典童書 A0801020

古代英雄的石像

作　　者 葉聖陶
版權策劃 李　鋒

發 行 人 陳滿銘
總 經 理 梁錦興
總 編 輯 陳滿銘
副總編輯 張晏瑞
編 輯 所 萬卷樓圖書(股)公司
特約編輯 沛　貝
內頁編排 林樂娟
封面設計 小　草
印　　刷 百通科技(股)公司

出　　版 昌明文化有限公司
　　　　 桃園市龜山區中原街 32 號
電　　話 (02)23216565
發　　行 萬卷樓圖書(股)公司
　　　　 臺北市羅斯福路二段 41 號 6 樓之 3
電　　話 (02)23216565
傳　　真 (02)23218698
電　　郵 SERVICE@WANJUAN.COM.TW
大陸經銷
廈門外圖臺灣書店有限公司
電郵 JKB188@188.COM

ISBN 978-986-496-075-0
2017 年 12 月初版一刷
定價：新臺幣 320 元

如何購買本書：
1. 劃撥購書，請透過以下帳號
帳號：15624015
戶名：萬卷樓圖書股份有限公司
2. 轉帳購書，請透過以下帳戶
合作金庫銀行古亭分行
戶名：萬卷樓圖書股份有限公司
帳號：0877717092596
3. 網路購書，請透過萬卷樓網站
網址 WWW.WANJUAN.COM.TW
大量購書，請直接聯繫，將有專人為您服務。(02)23216565 分機 10

國家圖書館出版品預行編目資料

古代英雄的石像 / 葉聖陶著 . -- 初版 . -- 桃園市 : 昌明文化出版 ; 臺北市 : 萬卷樓發行 , 2017.12
　面；　公分 . -- (民國時期經典童書)
ISBN 978-986-496-075-0(平裝)
859.08　　　　106024150